40세 정신과영수증

2만 장의 영수증 위에 쓴 삶과 사랑의 기록

40세 정신과 영수증

글 정신 사진 사이이다 디자인 공민선

이야기장수

차례

UNITED | 서울 출발-포틀랜드 도착 항공 요금 937800원 12

PORTLAND STATE UNIVERSITY | 3개월 버스 티켓 180.00$ 16

SAFEWAY | 포도, 허니듀 멜론, POM 주스 31.46$ 20

Nike BIKETOWN | 자전거 렌트 요금 7.00$ 22

Bumble | 구독료 0.00$ 26

Duck House Chinese Restaurant | 베이징덕과 요리들 65.75$ 32

HAN OAK | 떡볶이, 만두, 부대찌개 31.00$ 36

SWEEDEEDEE | 스웨디디 브렉퍼스트 12.00$ 40

Uber | 승차요금 9.50$ 44

Bumble | 재구독료 8.99$ 48

ECLIPTIC BREWING | 맥주 19.00$ 52

COURIER Coffee | 카페라떼 4.00$ 56

UNITED | 포틀랜드 출발-뉴욕 도착 수하물 초과 요금 310.00$ 62

PATH | 지하철 티켓 10.00$ 68

ASA COLLEGE | IEP 12주 과정 1,700.00$ 74

McDonald's | 카페라떼 3.74$ 76

GAMMEEOK | 설렁탕 13.00$ 80

WHOLE FOODS | 과일과 야채들 60.86$ 86

Van Leeuwen | 시칠리안 피스타치오맛 아이스크림 $5.50 90

Lyft | 승차요금 33.59$ 96

서울 출발-포틀랜드 도착 항공 요금 012

나의 나이 10대에는
20대에 짝을 만나 결혼할 줄 알았다
20대에는 30대에 할 줄 알았고

40세가 되자

이것은
시간의 문제가 아니라
공간의 문제가 아닐까 하는 생각이 들었다

만날 수 있는
공간이 너무 작고 고정되어 있나?

여기에 서서 기다리고
기다렸으나 못 만나지면

공간을 크게 넓히고
나아가야 하는 것은 아닐까?

그때였다
인천에서 태어나 서울로 대학교를 오면서
넓어진 공간 속에서 만났던
남녀노소들이 떠올랐다

20년간 함께한 사람들이
구간 구간에 서 있으며

나가면 우리 같은 사람 한 명 더 있을 거야
가라고 박수를 쳐주었다

나는 한번 더 힘을 내고 싶었다

가자
원의 반경을 더 크게 그리자

너를 찾으러 태평양을 건너가자

2017년 3월 27일 오후 4시 40분
서울 출발-포틀랜드 도착 항공 요금
937800원
UNITED

PORTLAND STATE UNIVERSITY

Permit (172SFP4000)
  Qty: 1 $180.00

Subtotal $180.00

Total Due $180.00
MASTERCARD $180.00

Change Due $0.00

        Receipt: 832052
      March 29, 2017 2:57 PM
  Drawer: DRAWER 4 MWF, Clerk: SeanM

너를 찾기 위해
이렇게 멀리 가는 것이 맞는가
시간도 돈도 많이 써야 하는데

생각하던 몇 달 전
이런 말이
귓속으로 들어왔다.

이제 제 차례예요?

엄마 아빠 동생 먼저 아니고
제 차례예요?

누가 말한 것인지 돌아봐도
아무도 없는

그 질문만으로도 눈물이 흘렀다
답은 듣지 못하고 미국까지 와서 서 있는데

버스가 나에게 온다
정거장에 기다리는 사람은 나밖에 없다

내 차례이다

2017년 3월 29일 오후 2시 57분
3개월 버스 티켓
180.00$
PORTLAND STATE UNIVERSITY

간단한 영어도
원어민 앞에서 하려니
입 밖으로 나오기가 어렵다

한 문장이
끝까지 나가지 못하며
입속으로 삼켜져 가라앉는다

가라앉은 말들은
무겁고 창피해
다시 들어올려지지 않고

안 들린다
너의 말이 안 들린다는 것은 이런 것인가

들린다
나의 말이 들린다

아는 사람 하나 없는 미국에
누구를 믿고
와 있나 하는 말이 들린다

하느님을 믿고 왔나?

나의 질문에
바로 답할 수 없는
불편한 마음

후
하느님

모르면서 아는 것 같은

이 마음이 불편합니다

하느님을 알게 해주세요

이것 하나를 기도하며
얼마나 울었는지
배가 고팠다

2017년 4월 1일 오후 9시 16분
포도, 허니듀 멜론, POM 주스
31.46$
SAFEWAY

몇 년째 마주치지 않았지만

혹시 마주칠까
두려움을 느끼는 사람이 있었다

10년 전 나에게 상처를 준 사람을
아직도 두려워하거나
그리워하는 마음도 싫었다

여기는 미국이고
그 안에 오리건 주
그 안에 포틀랜드
그 안에 아파트
12층
G호

문 열고
나에게 나타날 리가 없는데

나의 뇌 안에서 머무르는 그가
나의 생각도 다 듣고 있을 것 같아서

생각을 뱉어내고 싶고
달려나가고 싶었다

2017년 4월 7일
자전거 렌트 요금
7.00$
Nike BIKETOWN

뉴욕에서 일을 하다가
나이키 본사에서 일을 하게 되어
포틀랜드로 온 아그네스

중학교 때 나의 책을 읽었다는 그녀가
만나자는 DM을 인스타그램으로 보내왔다

만나서 이야기를 해보니
일과 연애를 좋아하고 잘하는 사람이었다

일에 대해서 이야기를 할 때
나는 그녀에게
"맞아요 저도 그래요"
하면서 같은 마음이 되었으나
연애에 대해서는 달랐다

나는 놀라며
"정말요? 그게 가능해요? 와—"

그녀가 말해주는 남자는
내가 알던 남자가 아니었다

아그네스는 말했다
"남자를 사귀는 일은 쉬워요

여자가 되면 됩니다

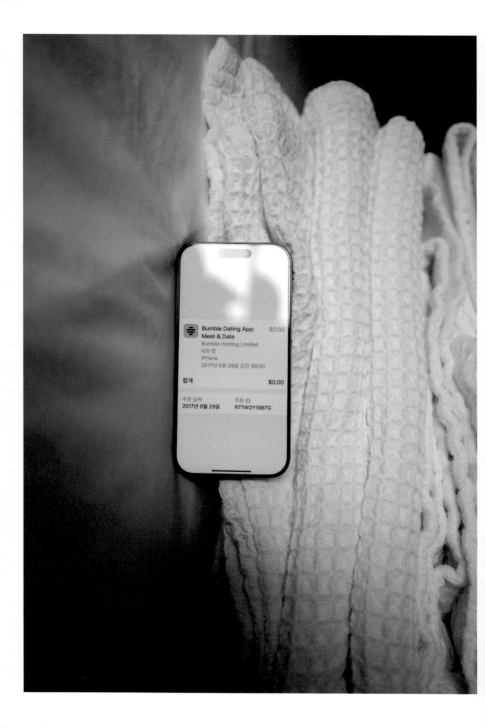

그리고
여자가 되는 것은
내가 여자라는 것을 알기만 하면 됩니다"

집에 와서 생각해보니

아
나는
그동안 얼마나
여자가 되려고 했는가

되어 있는 것을 모르고
되려고 했다

높은 구두 안 신어도 되는데
메이크업베이스 안 발라도 되는데

일어나

아그네스가 알려준
온라인 데이팅을 시작했다

2017년 6월 29일
구독료
0.00$
Bumble

데이팅 앱으로
여러 명과 만날 약속을 만든 다음
아그네스에게 연락하니
이런 메시지가 왔다

잘했어요
이제 이것만 기억하세요
언니의 마음을 숨기지만 않으면 됩니다

아그네스가 알려준 방법으로
남자를 만나면 그다음이 쉬웠다

먼저
남자에게 관심이 있다고 하고

먼저
만나자고 했다

먼저
커피를 계산하고
앉을 자리를 안내해주었다

먼저
이만 갈까
다음에 또 보자고 했다

이렇게 데이트를 하면
누군가와
곧 부부가 되고 아기도 낳을 것 같았다

아그네스는
내 마음이 원하는 미래를
써보라고 했다
구체적으로 날짜까지!

중국계 미국인과 부부가 된다
이란성쌍둥이를 낳는다
배우자와 함께 병원을 만든다

그 사이 다섯 번이나 열리는

올림픽 개막식에도 틈틈이 다녀오는
2017년부터 2037년까지를 써보았다

혜영과 켈리가
중국 음식을 먹으러 가자고 부른다

2017년 7월 1일 오후 5시 59분
베이징덕과 요리들
65.75$
Duck House Chinese Restaurant

중국 음식을 먹고 나니
한국 음식이 먹고 싶다

한국 음식을 먹고 나면
미국 음식이 먹고 싶다

먹고 싶은 것이 많은 나에게

잘 사주고 싶다

2017년 7월 9일 오후 7시 13분
떡볶이, 만두, 부대찌개
31.00$
HAN OAK

스웨디디 브렉퍼스트 040

10년 전
나는 그날 밤도 잠에 들어가지 못했다

잠 밖에서 누워 있으면
눈물이 귀를 지나 흘렀다

그때 다행히 윤주에게
선물 받은 오디오 성경이 있어
그 단조로운 기계음이
나를 잠에 들어가게

하여
지금까지 살아 있다

나도 그런 목소리가 되고 싶었는데

지금 일어나서
소리내어 읽으면 될 수 있어

내일 할까를 누르고 일어나
녹음 버튼을 누르고

창세기 1장 1절을 읽기 시작했다

페이지가 넘겨 넘겨 넘겨지고
얼마나 읽었는지
배가 고팠다

2017년 7월 11일 오후 1시 42분
스웨디디 브렉퍼스트
12.00$
SWEEDEEDEE

아그네스의 말을 잘 생각해보면
나난이 작년에 알려주었던
페로몬 스쿨과 다르지 않다

연애하고 싶은 사람에게
하고 싶은 말을
눈을 보고 말하라는 것

처음부터 바로 하기 어렵다면
상대의 눈을 보고 마음속으로 말하라는 것
그래도 상대는 다 알아듣는다고 했다

미국에 와서 실천해보니
다 전해진다

마음을 일찍 보여도
끝까지 숨겨도 결과는 같았다

그러니 시간을 절약하자
마음을 보여주자

Uber 승차요금 ⁰⁴⁶

나는 어느 회사의
인사팀 담당자가 된 것처럼
출장 예산을 배정하고

우버와 지하철을 타고 열심히
데이트에
출근하고 퇴근했다

문을 열기 전에 이 회사의 슬로건을 기억한다
언니의 마음을 숨기지만 않으면 돼요

2017년 7월 14일 오후 7시 50분
승차요금
9.50$
Uber

배우자를 찾기 위해 미국행을 준비하면서
관광비자 3개월로는 안 될 것 같아서
학생비자를 받았다

최대 5년까지 미국에 머무를 수 있지만
1년 안에 끝내자!
정하고
미국에 왔으니

하루를 마감하며 잠깐 몇 분
데이팅 앱을 켜는
소액 투자는 오히려 사치였다

그리고
가임기가 끝나가고 있었다
아기를 원한다면 이제 시간이 많이 없는데
시간을 더 투자하자

몇 명의 데이터를 더 보기 위해
돈도 더 투자했다
온라인 게임을 하는 사람들이
아이템을 구매하는 것이 이해되었다

오전 7시 30분
마음에 드는 30%에게 인사를 보낸다
답장이 오면 대화를 나누다가
저녁식사 후 9시에 다시 만나기로 한다

오후 9시
대화를 나누고 끝나면
검색의 도움을 받아
그가 한 말이 모두 사실인지
유부남은 아닌지 체크한다

Bumble 재구독료 ⁰⁵⁰

월~금요일 매일 100명의 데이터를 보면
한 달 동안
2000건의 데이터를 볼 수 있었다

박찬욱 감독님이 영화 <아가씨>에
김태리 배우님을 캐스팅하기 전
몇천 명을 만났다는 기사를 기억했다

나에게도 이것은
내 영화의 주인공을 찾는 일이었다

2017년 7월 21일
재구독료
8.99$
Bumble

ECLIPTIC

825 N Cook St
Portland OR
(503)265-8002

TABLE:402
2 Custs
Ck #:21984   Time: 07:28pm
Bus: 06/28/17

-[Seat 1]
1 PW Dretier IPA $5.00
1 PW Starburst $5.50
-[Seat 2]
1 PwlCascI'ia Porter $5.00
1 Fried Nuggets $4.20

        Subtotal: $19.00

        Amt Due: $19.00
                                 $0.00
                              $519.00

              THANK YOU,

              SERVED BY:
                 Jacob

밖에서 맥주 한 잔을 마시면
이따 집에 가서

노래를 부르고 싶다

작사가가 되고 싶으면
연락하라고 했던 사람들이 떠올랐다

민선 언니에게 도와달라고 했더니
방법을 알려줬다

작사가가 제일 빨리 되는 법은
직접 노래를 하는 거지

언니는 진짜 왜 이래!
고마워!!

첫 곡의 제목이 정해졌다

〈해시태그〉
인스타그램에서 보고 좋았던
해시태그들을 모아서 부르고 싶다

작사가가 되고 싶다

2017년 7월 26일 오후 7시 32분
맥주
19.00$
ECLIPTIC BREWING

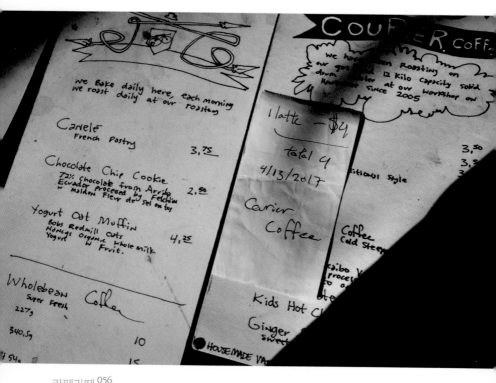

We bake daily here, each morning
We roast daily at our roastery

COURIER COFFEE

We have been roasting on
our gas roaster, a
12 kilo capacity solid
drum roaster at our workshop on
NW since 2005

Canele
French Pastry   3.75

latte - $4

total 4
4/13/2017

Chocolate Chip Cookie
72% Chocolate from Arriba,
Ecuador processed by Felchlin
~ Maldon Fleur de Sel on top   2.50

...itional style

Yogurt Oat Muffin
Bobs Redmill oats
Noriegas Organic Whole Milk   4.25
Yogurt ~ Fruit.

Courier

Coffee   Coffee
                Cold Steep

Wholebean Coffee
Super Fresh
227g
340.5g   10
54g   15

...caibo
...proce...
...o o...
...te...

Kids Hot C...

Ginger
Swee...

HOUSEMADE VA...

누나는 한 번도 그런 적이 없었지?
한국에서는 어디에 가든 대접을 받았지?

그런데 누나에게는 지금 이 시기가 꼭 필요해
말도 못 하고
아는 사람도 없고
자기를 드러낼 수 없음에서
누나가 드러나면서 그러지 못했던
사람들의 마음을 이해해보는 시간을 가져봐

나를 믿고
언제든 평화로운 상태를 유지하기를 바래

커피를 마시며
남동생이 보내준 메시지를 본다

누나가 드러나면서
그러지 못했던
남동생의 마음을 생각한다

2017년 4월 13일
카페라떼
4.00$
COURIER Coffee

이 세상에 이미
나와 잘 맞는 사람과 안 맞는 사람이 존재하는데
데이팅 앱이라는 세상에는
나와 잘 맞는 사람만 있을 거라는 기대를
반으로 접으면
나와 안 맞는 사람이 반
이상이어도 자연스러웠다

나와 잘 맞는지 아닌지는
나의 뇌가 판단하고

그러면
나와 잘 맞는 사람을 만나고 싶을 때
내가 너를 찾아내야 하는 것이네

내가 너를 찾아내어
결혼을 한다면
청혼도 내가 하자 결심하고

드디어 만났다!
청혼을 한다

그러나 청혼을 거절당한다

이유가 있을 것이고
축복하며 떠나보낼 수 있을까
하는 생각이 들었을 때

내가 만든 가상의 이야기를 보고 있는 나를
이별을 시청하며
냉장고에서 맥주 한 캔을 꺼내고 싶은 나를 보았다

시청자가 되어보니
내가 포틀랜드에서 만들어가고 있는 이야기는
그대로 두면 다큐멘터리인데
각색하면 드라마도 될 수 있네

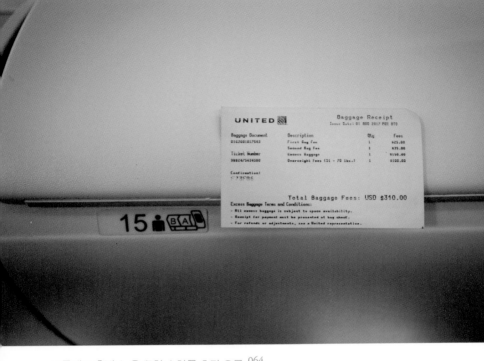

포틀랜드 출발-뉴욕 도착 수하물 초과 요금 064

3화의 끝을 이렇게 써보자

포틀랜드의 남자들
2000명의 데이터를 살펴보고 데이트를 한 여자

좋은 사람을 많이 만났으나
나와 잘 맞는 사람을 만나지는 못해
아쉬워하다가

이대로 한국으로 돌아갈 수는 없어

미국 서부가 아닌
동부의 데이터를 열어보자!

뉴욕으로 떠난다

2017년 8월 1일 오후 9시 51분
포틀랜드 출발-뉴욕 도착 수하물 초과 요금
310.00$
UNITED

MTA **MetroCard**®

SingleRide
No subway↔bus transfer
Valid only within 2 hours
of purchase

Insert this way / This side facing you

MEM RECEIPT

PATH
GROVE STREET
JERSEY CITY   NJ

ERMO9691

Wed 02 Aug 17 19:35

Trans: FareCard
         Add Value OK
Amount: $ 10.00
Initial Value: $$ 1.81
Value Added: $$ 10.00
Bonus: $$ 0.50
Card Value: $$ 12.31
Total Paid: $ 10.00

MASTERCARD
Card #: *8763

Auth#: 373067
Ref #: 038739539667

Serial #:2831127297
Type: 007
  PRE-VALUED

            Questions?
Call 1-800-234-PATH

20세에 만난 뉴욕은
40세에 만난 뉴욕과 달랐을 텐데

20세에 뉴욕에 있었더라면 하는
아쉬움이 들 때

사이이다가 뉴욕에 온다고 했다

사이이다를 만나면
공간이 어디든

시간은
우리가 처음 만난 20세로 돌아갈 수 있으니까

우리의 20세가 뉴욕에 도착하기를
기다린다

2017년 8월 2일
지하철 티켓
10.00$
PATH

School of Continuing Education NY

Date: 8/3/2017
Receipt #   17-215-0210   Student Payment Received

Stud

Intensive English Program - 12Wks

On Account: $1,700.00

Total Received: $1,700.00
Credit Card # ************8763

아그네스
내일 회사 도착하기 전에 나한테 전화해

He
왜?

아그네스
나 너에게 하고 싶은 게 있는데,
회사 밖에서 하는 게 더 맞는 거 같아

He
그게 뭔데?

아그네스
왜 알고 싶어? 너 서프라이즈 싫어해?

He
아 그래……

아그네스
나 너 3분 동안 안아주려고

He
왜?

아그네스
그냥 3분 동안 안고 싶어
그러니까 도착하기 전에 전화해

어제 들은 아그네스의 연애를 적어보며 밑줄 긋는 나
그녀는 내 앞에 살아 있는 선생先生이다

영어 학원에 학비를 내면서
생각해보기를
아그네스쿨에도 학비를 내야 하는 것 아닌가?

2017년 8월 3일
IEP 12주 과정
1,700.00$
ASA COLLEGE

McDonald's 카페라떼 ⁰⁷⁶

집보다 성당에 가서
성경을 읽으면 좋겠다는 생각이 들어
커피를 사서
근처 성당을 찾았는데
문이 닫혀 있었다

계단에 앉아서 성경을 읽으며 녹음했다

어느 사람이 지나가며
성경을 읽는 것이냐고 물었다

그 사람이 지나가고 생각한다
혹시
하느님이 아니었을까?

나에게 이런
비주얼로 나타나신 것인가!

하느님을 알고 싶다고 기도하고서
아직도 하느님을 모르네
하면서 웃음이 났다

읽기를 마치고
들어본다

차들이 지나가는 소리
나의 숨소리와
예레미야서 1-35장
56분이 동시녹음되었다

듣기를 마치고
생각한다

하느님
나에게 이런
사운드로 나타나신 것인가!

2017년 8월 16일 오후 2시 24분
카페라떼
3.74$
McDonald's

292

McDonald's Restaurant #13654
325 Grove Street
Jersey City,NJ 07303
TEL# 1-201-333-7888

KS# 2

08/16/2017 02:24 PM
Order 92

1 M Latte

3.49

Subtotal   3.49
Tax   0.25
Take-Out Total   3.74

Cashless   3.74
Change   0.00

MER# 820504
CARD ISSUER   ACCOUNT#
CITI MASTER SALE ************8763
TRANSACTION AMOUNT
CHIP READ   3.74
AUTHORIZATION CODE - 680818
SEQ# 024878
AID: A0000000041010

McDonald's Restaurant

설렁탕을 한 그릇 먹고
성당에 찾아가
감사기도를 하는데
눈이 시렸다

나의 아빠가
눈 안으로 들어온 것이다

엄마의 남편도 아니었던 것 같고
나의 아빠도 아니었던 것 같은
그의 삶에 눈이 시렸다

2017년 9월 8일 오후 1시 48분
설렁탕
13.00$
GAMMEEOK

GAMMEEOK

Gammeeok
Dine In
Order #: 8-797186
B4
1 Guest
Server: Dongwuk
Cashier: Haruka
Register: Receipt 1 (receipt)
2017-09-08 13:48:06

1 Seolloeng Tang 설렁탕	11.94

Subtotal:	11.94
Tax (8.875% of 11.94):	1.06
Total:	13.00

Amount Due:	13.00

Thank you!
Send receipt by email?

Powered by LRVU

친구
사이이다가 뉴욕에 왔다

그동안 쌓였던 이야기들 중에서
이건 진짜 누구도 알면 안 되는
비밀인데
말해도 될까?
했더니
사이이다는 말했다

나에게는 말해도 돼
나는 너니까

그 말을 듣고
나와 나가 먹을 과일과 야채를 샀다

나가 계산을 하는 동안
나는 밖으로 나가 운동화 끈을 묶고 있다

나와 나가 뉴욕에 있다

2017년 9월 9일 오후 6시 41분
과일과 야채들
60.86$
WHOLE FOODS

WHOLE
FOODS.
MARKET

Williamsburg WBG
238 Bedford Ave
Brooklyn, NY 11249
718-734-2321

OG GRNNY SMITH APPLES
1.49 lb @ $2.99 / lb $4.46 F
Tare Weight 0.011b
RED PLUMS
1.60 lb @ $2.49 / lb $3.98 F
Tare Weight 0.011b
BEANS GREEN
0.44 lb @ $2.49 / lb $1.10 F
Tare Weight 0.011b
OG DAIKON
2.17 lb @ $1.49 / lb $3.23 F
Tare Weight 0.011b
SPCLT PASTA VENUE BAR
0.52 lb @ $7.99 / lb $4.15 F
Tare Weight 0.081b
CV CAMPARI TOMATO
2 @ $3.99 EACH $7.98 F
HTCHVR BUCHERON
0.36 lb @ $12.99 / lb $4.74 F
365 OG FIRM TOFU $1.99 F
MILW KIMCHI CABBAGE $8.99 F
CV STOPLIGHT PEPPER $4.99 F
RIGON OG SWEETENER $6.99 F
ANTIPASTI BAR
0.44 lb @ $10.99 / lb $4.84 F
Tare Weight 0.051b
OG WHITE MUSHROOM $2.99 F
        Subtotal: $60.43
        Net Sales: $60.43
        Tax/Fee: $0.43
        Total: $60.86
        Sold Items: 14
        Paid:
        MasterCard $60.86
-------- Tax/Fee Summary --------
Name   Rate Taxed Amt. Tax Amt.
METROPOLITA 0.38   4.84   0.02
NEW YORK, C 4.50   4.84   0.22
NEW YORK, S 4.00   4.84   0.19
        Tax/Fee Total: $0.43

$5.50

1 Scoop Classic	$5.50
Subtotal	$5.50
NY Tax (Inclusive Items) - included, $0.45	
Total	$5.50

Van Leeuwen Artisan Ice Cream - Williamsburg
204 Wythe Ave
Brooklyn, NY 11249
929-337-6907

시칠리안 피스타치오맛 아이스크림 090

사이이다와 같이 뉴욕에 온
동생 선인이와
배우자를 위한 기도를 시작하기로 하고
리스트를 만들었다

이런 사람일까아?
자꾸 바라게 되네에~

나의 기도 리스트
1 2 3 4 5번을 보고 선인이가 웃는다
언니, 푸드 케미스트리가 왜
네번째에 있어요?

이게 이 정도로 중요해요?

2017년 9월 11일 오후 3시 15분
시칠리안 피스타치오맛 아이스크림
$5.50
Van Leeuwen

$5.50

1 Scoop Classic	$5.50
Subtotal	$5.50
NY Tax (Inclusive Items) - included, $0.45	
Total	$5.50

Van Leeuwen Artisan Ice Cream - Williamsburg

204 Wythe Ave

Brooklyn, NY 11249

929-337-6907

시칠리안 피스타치오맛 아이스크림 092

그때 사라에게 아들이 있을 것이다
창세기 18장 10절 말씀을 읽고 있으면

내 세례명 로사에게도
같은 축복이 일어나기를 바라게 된다

아흔 살이 된 사라가 아이를 낳을 수 있단 말인가?
라는 17장 17절을 읽으면

마흔 살이 된 로사가 아이를 낳을 수 있단 말인가?
궁금해진다

시칠리안 피스타치오맛 아이스크림을 먹으며
길가에 앉아 있는데
우체국 트럭이 주차를 한다

트럭에는 "We deliver for you"
라고 쓰여 있다

나에게 무언가가
도착한 것 같은 느낌이 든다

2017년 9월 11일 오후 3시 15분
시칠리안 피스타치오맛 아이스크림
$5.50
Van Leeuwen

나난이 뉴욕에 도착하자
우리는 셋이 되었다

각자 자기 면을 가지고 있으며
연결된
삼각형의 모습으로

맨해튼을 걷는다

2017년 9월 24일 오전 11시 55분
승차요금
33.59$
Lyft

Lyft 승차요금 ⁰⁹⁶

lyft

Thanks for riding with Daniel!

September 24, 2017 at 11:55 AM

Ride Details

Lyft fare (3.22mi, 21m 9s)	$33.59
PayPal account	**$33.59**

- Pickup   11:55 AM
  20 Coles St. Jersey City, NJ
- Dropoff   12:16 PM
  294 W Broadway, New York, NY

Make expensing business rides easy

미사중에 신부님께서
이런 말씀을 해주셨다

새해가 되었습니다

여러분의 마음 안에
아무도 판단하지 않는 공간을 만드세요
그리고 그 안에서 사람들을 품어주세요

2018년 1월 1일 오전 10시 52분
건축헌금
460.00$
샌프란시스코 한인 성당

데이트를 하면서 상대방과
공통의 관심사가 있어야겠다 생각해서
선택한 주제는
인공지능과 영화에 관한 것이었다

영화 <her>에 대해서 얘기할 수 있는 사람이면
이 두 가지를 다 가지고 있다 생각해서
만나기 전에 이 영화와
스파이크 존즈 감독에 대해서 이야기를 나눴는데

그렇게 해서 만난 남자들에게
배우는 것이 많았다

내가 더 공부하고 싶은 분야는
자연어 처리라는 것도 알게 되었고

아마존, 인텔, 페이스북, 구글에 다니고 있는 인재들이
이것은 데이트인가 수업인가 싶게
좋은 정보들을 많이 알려주었다

그들은
나의 재미있어함을 낯설어하면서도 신나했다

한국을 떠나면서 미국에서
일대일 인공지능 수업을 받을 줄은 생각도 못 했는데

결혼이 하고 싶어 왔으나 공부를 하게 될 줄이야

Spotify 첫 달 무료 프로모션 0102

한국에서 결혼도 하고 싶고
외국에서 공부도 하고 싶었던
30대의 소망들이 떠올랐다

도시를 옮겨서
사람들을 만나는 것만으로도
인공지능 공부가 되는 곳

샌프란시스코에 가서
공부와 결혼을 하자는 생각이 들었다

그렇게 샌프란시스코에 오니
어느 부분은 한국과 비슷한 느낌도 드네

판소리
한 대목을 꺼내어 듣는다
미국과 한국이
공간과 소리로 함께 있다

2018년 1월 22일
첫 달 무료 프로모션
0.00$
Spotify

비건 시나몬 롤 0108

구약성경과 신약성경 읽기를 마쳤다

포틀랜드, 뉴욕, 서울, 샌프란시스코에서
7개월 동안 읽은 시간을 더해보니
80시간이 조금 넘는다

읽으면서 녹음을 했기 때문에
언제든 다시 들을 수 있다

잠에 들어가지 못할 때 들으면
잠에 들어가게 해주는 이것을
잠자는 성경이라고 이름 붙였다

내가 영원히 잠에 들어가는
나의 장례식에서

찾아준 사람들에게 잠자는 성경을
들려주고 싶어 이 책에 적어둔다

나는 영원한 잠에 들어 있습니다
살면서 나를 잠들게 하고
또 다음날 깨어나
살아가게 했던 말씀을 들려드립니다

창세기부터 요한계시록까지
80시간 동안
나의 목소리가 장례식장에 퍼진다

그날 사람들에게
음식은 어떤 것으로 대접할까?

오늘 나에게
어떤 것으로 대접할까?

2018년 1월 27일 오후 1시 57분
비건 시나몬 롤
4.00$
Johnny DOUGHNUTS

샌프란시스코 출발-LA 도착 항공요금

샌프란시스코에서 열어본 데이팅 앱은
뉴욕과 포틀랜드와는 또 달랐다

여기까지 오지 않았다면
이 데이터를 보지 못했을 것 아닌가
소중하다

오기를 잘했다

나는 어느 회사에
인사팀 담당자가 된 것처럼
이들을 정중히 모셔와야 한다는 생각이 들어
채용 공고를 작성해본다

FRI, MAR 16, 2018

Kyung A Jung
He TIC

FIRST
CHECKED
BAG FREE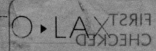

O ▶ LA

NCISCO (SFO) ▶

Los Angeles (LAX) 7:10am

FLIGHT DL4903

Operated by Skywest Airlines

PLACE BAGGAGE CLAIM STICKER HERE

*Boarding doors close 10 minutes prior

Ticket#: 006 016467137

PLACE BAGGAGE CLAIM STICKER HERE

conditions and restrictions
gfree.com for details

SAVINGS SOAR
ATEMENT CREDIT ON
FLIGHT PURCHASES.

efirstbagsfree.com

연애라는 마켓에서 채용을 하고 싶습니까, 채용이 되고 싶습니까? 저는 채용을
하고 싶습니다. 사랑을 월급처럼 꼬박꼬박 주고 싶기 때문입니다. 얼마 전까지
저는 사랑은 월급처럼 받는 것이라고 생각했습니다. 그러나 내 안에 이미 월급이
가득하고 주어도 주어도 남아 있다면 주는 것이 유익합니다.

월급은 받는 당신에게도 주는 저에게도 유익입니다. 월급은 곧 투자로 이어집니다.
당신은 결국 크게 성장하여 내가 준 월급보다 몇 배의 수익을 저에게 돌려줄
것입니다. 그리고 저는 당신에게 평생 받아보지 못한 인센티브를 지급할 것입니다.
함께 IPO를 이루어냅시다.

제가 선호하는 연애의 직무 기술을 정리하여 드리니 만남을 원한다면 답신을
보내주세요.

샌프란시스코에 와서도 이렇게 열심히
데이트에 출근하고 퇴근하는 나를
윤정 언니가 칭찬해주더니

LA에 사는 언니의 지인이면서
싱글인 남자분을 만나보라고
출장을 제안했다

2018년 3월 16일 오전 7시 10분
샌프란시스코 출발-LA 도착 항공요금
113.30$
DELTA

신 용 전 표

(주)지 ?무지 ?
사업자 ??? : 144-81-1155?
대 표 자 : 장???
주 ? ? 소 : 경기도 성남시 분남구 ?서동
? ??관길 34 고모닥방아 ( )
전 화 번 호 : 031 ?11 ?459?

*씨티카드
5400?????????8753
거 래 일 자 : 2016년 ?월 ?6일 15:00:??
? 인 번 호 : ????0004
상 이름 : ???품 ?
판매 반 ???
담 당 ??? : ????05 DK
거 래 구 분 : [일시불]
거 래 금 액 : ???,2?3원
부 가 세액 : ???원
합   계 : ?원
매 입 ??? : ??????(?)
승 인 일 ??? : 2016??????? ? ? ?
? ?용단 ???
? ? ???

[회 원 용]

고맙습니다
메시지를 때마다 보냈지만
그럼에도 말로는 다 전해지지 못한 만큼 고마운
리딩 유학원 구나영 실장님

미국에 와서
포틀랜드 > 뉴욕 > 샌프란시스코
세 번이나 도시를 바꾸는 동안
나의 필요에 맞게 늘 좋은 답을 주셨다

결국 고맙다는 말로도 안 되겠어서
서울에 가면 식사 대접을 하겠다고 하고 찾아뵈었다

오늘 만나서 처음으로 구나영 실장님 얼굴을 본다

들어왔던 목소리로 상상했던 얼굴
좋은 답을 주는 이 얼굴

2018년 4월 19일 오후 3시
파스타
41000원
지오쿠치나

파스타 0115

프란치스코 교황 남북 정상회담 성공 기원 메시지 전문

"4월 27일 금요일 판문점에서는
한반도의 두 나라 정상인 문재인 대통령과
김정은 국방위원장의 남북정상회담이 개최됩니다.

이 회담은 허심탄회한 대화를 통해
구체적인 화해와 형제애 회복을 위한 좋은 기회가 될 것입니다.
아울러 한반도는 물론 전 세계의 평화를 보장하는 좋은 기회가 될 것입니다.

평화를 간절히 바라는 한국 국민들에게
제 개인적인 기도와 교회 전체의 각별한 관심을 전합니다.

교황청은 사람들 간의 만남과 우정으로 이루어지는
더 나은 미래를 건설하기 위한
모든 유용하고 진실한 노력들에 대해
함께하며 지지하고 힘을 싣는 바입니다.

저는 정치적 책임을 지닌 이들이 희망의 용기를 갖고
'평화의 장인'이 되어주길 간곡히 청합니다.
더불어 이들이 모두의 선익을 위해
시작한 이 여정을 믿음을 갖고 계속해주시기를 촉구합니다.

하느님께서는 아버지, 평화의 아버지이시니
남한에 살고 있든 북한에 살든 남북한 국민 모두를 위해
우리 함께 하느님께 '주님의 기도'를 바칩시다."

너무 기쁜 마음에 삼겹살을 굽고
즉석밥을 꺼낸다

2018년 4월 27일 오전 11시 55분
햇반 발아현미밥
2250원
CU

수원식 육개장, 유곽 비빔밥 ⁰¹¹⁸

내가 서울에 없는 동안
엄마는 옆집 꼬마에게
햇살 할머니라고 불리고 있었다

햇살 할머니를 마주하고 앉아서
그 빛에
반사되어 반짝이는 것들을 먹었다

2018년 5월 8일 오후 2시 43분
수원식 육개장, 유곽 비빔밥
77000원
레스토랑 오늘

아침부터 밤까지
약속이 있어 말을 많이 하게 된 날
말실수를 한 것은 없나 생각하며 누워서

꿀 한 숟가락 입에 넣고 나니
실수 아니었나 싶은 말들이
다 녹아버린다

2018년 6월 16일
꿀
14.99$
Bee Local

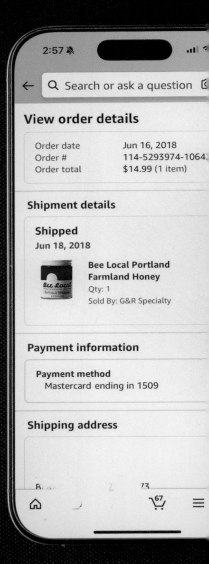

꿀 ⁰¹²¹

안녕하세요
저의 이름은 정신이고요

『정신과 영수증』이라는 책을 쓴 작가입니다

24세에 첫 책을 썼고 지금은 많은 시간이 흘렀는데
아직도 몇몇 분들이 기억을 해주시고
출간된 지 12년 만에 개정판이 출간되기도 했어요

그사이에 오늘처럼 독자분들을 만날 기회가 있었는데요
그럴 때마다 독자분들이 저의 글과 닮아 있어서 가끔씩 놀라요

저는 글을 써두고
제 글을 한참 동안 들여다보는 것을 좋아합니다
독자들을 만나면 저의 글같이 생긴
그분들의 얼굴을 또 한참을 들여다보게 됩니다

아 이분들이 이렇게 생기셔서
이 생김과 닮은 저의 글을
본능적으로 자기 짝처럼 좋아해주시는구나 하고요

그런데 여기에 서서 보니 강연도 다르지 않네요

오늘 저의 이야기와 들어주시는 분들의 얼굴이 서로
끝에 가서 인사를 나누면서
둘의 닮음을 느끼게 될 것 같습니다

<Incredibles 2> 영화 티켓 0122

MOVIE TICKET

INCREDIBLE
PG 06/25/2018
Mon 09:25 pm
Student
Theatre 1
ADMIT
Ticket $10.00

Cred - 207 - T0200T02
Shattuck
06/25/2018 09:17 pm
Ticket: 00940410/001

00940410/001

저는 샌프란시스코에서 한인 성당에 다니고 있습니다
저희 성당 신부님의 강론이 참 좋은데요
제가 신부님 강론이 좋다고 말씀드리니
"아이고 자매님 듣는 귀가 좋으신 거죠"라고 하셨어요

신부님께 또 배웠고 오늘 사용해보려고 합니다

오늘의 주제인 잠에 대해서 얘기해볼까요?

저는 잠을 좋아해요
혼자서도 둘이서도 얘기 나누다가 스르르 잠드는 것을 좋아해요
저는 서른 살 때까지 잠을 아주 잘 자는 사람이었어요
그래서 잠을 못 잔다
이게 무슨 말인지를 몰랐어요

서른 살 밤에 잠을 못 자는 경험을 하기 전까지는
타고난 천성이 지금보다 더 밝은 사람이었어요
그 이전에는 외로움이 무엇인지를 몰랐어요
그래서 타인의 외로움을 이해할 줄도 몰랐습니다
친구한테 외로워 하고 문자메시지가 오면
어떻게 해줘야 할까?

외로우면 책 보면 되지 않나?
TV 보면 되지 않나?
잠자면 되지 않나?
이런 생각을 했는데

어떤 큰 이별로
어둠을 알게 되고 밤에 잠을 잘 수 없는 것을 경험했어요

잠이 나에게 온다고 생각했는데
아니구나

내가 잠에 들어간다
라는 것을

잠에
못 들어가면서부터 알았습니다

잠에 들어가지 못하면
어둠 속에
남겨지는 거더라고요

낮에는 회사를 가고 퇴근하면 친구도 만나고 했어요

그렇지만 밤이 되면 거의 매일 밤 그 어둠 속에 남아서
울고
후회하고
미안하고
화가 나고
일어나 앉아서 먼산을 바라보고
잠에 들지 못한 채로
아침이면 다시 회사에 가기를 반복했습니다

그때 친구들이 참 저를 많이 도와주었어요
제 얘기를 수없이 들어줬어요
그런데 문제는 그렇게 친구들이 들어주어도 슬픔이 끝나지 않는 거예요
나중에는 친구들에게도 같은 얘기를 많이 한 것 같고
아 이때쯤이면 나아야 하는데 낫지를 않는 거예요

시간이 어느 정도 지났을 때는 이제 그만해야 할 것 같아서
아예 말을 못 하게 되었는데
그때가 가장 외롭고 힘들더라고요

고려가요 「청산별곡」에서 이런 구절을 봤는데
이럭저럭하여 낮은 지내왔구나
올 이도 갈 이도 없는 밤은 어찌하리요
딱 저의 신세였어요
그때 저의 밤으로 어떤 목소리가 찾아왔어요

나의 사랑하는 자가 내게 말하여 이르기를 나의 사랑
나의 어여쁜 자야 일어나서 함께 가자
겨울도 지나고 비도 그쳤고
지면에는 꽃이 피고 새의 노래할 때가 이르렀는데
반구의 소리가 우리 땅에 들리는구나
무화과나무에는 푸른 열매가 익었고
포도나무는 꽃이 피어 향기를 토하는구나
나의 사랑, 나의 어여쁜 자야 일어나서 함께 가자
아가서 2:10-13

그리하면 네 빛이 아침같이 비칠 것이며
네 치료가 급속할 것이며 네 의가 네 앞에 행하고
여호와의 영광이 네 뒤에 호위하리니
네가 부를 때에는 나 여호와가 응답하겠고
네가 부르짖을 때에는 말하기를 내가 여기 있다 하리라
만일 네가 너희 중에서 멍에와 손가락질과 허망한 말을 제하여버리고
주린 자에게 네 심정을 동하며 괴로와하는 자의 마음을 만족케 하면
네 빛이 흑암 중에서 발하여 네 어두움이 낮과 같이 될 것이며
나 여호와가 너를 항상 인도하여
마른 곳에서도 네 영혼을 만족케 하며 네 뼈를 견고케 하리니
너는 물 댄 동산 같겠고 물이 끊어지지 아니하는 샘 같을 것이라
이사야서 58:8-11

이 말씀을 들으니까 더이상 어둠에 있기 싫고
빛으로 나가고 싶었어요

그래서
빛으로 나갔어요

그때 만나게 된 유스티나 자매님께서
저에게 원의 반경을 넓히는 것에 대한 이야기를 해주셔서
저는 고민 끝에 미국으로 가게 되었습니다
미국에 가서 혼자 있는 시간이 많아지면서
그동안 하지 못했던 것을 해야겠다 마음먹고
구약과 신약 성경을 제 목소리로 녹음하기 시작했어요

어떤 날은 한 시간 어떤 날은 두 시간 띄엄띄엄 8개월이 걸렸어요
다 읽고 나니까 지나온 12년의 길이 보이더라고요
베를린의 미첼베르거 호텔에서
The past is over
라는 문장을 보았을 때 왜일까 눈물이 흘렀는데

그때 저의 과거가 끝나고
현재와 분리되기 시작했다는 것을 알 수 있었습니다
그러면서 저의 어둠을 다시 보게 되었어요

어둠을 알게 된 것에 감사했어요
그 어둠이 아니었다면 저는
나의 밝음만 발산하며
타인의 어둠을 볼 줄 몰랐을 거예요

이제는 누가 나 외로워 하면 그게 무슨 말인지 알고
같이 있어주고 들어주고 싶어요

듣는 귀가 좋은 사람이 되고 싶어요

다음에 만날 때는 저의 새책을 읽어드릴게요

그때까지 서로 잘 지내다가
저는 글을 여러분은 제 글과 같은 얼굴을
서로에게 보여줄 수 있기를 바라겠습니다

잠에 들어가기에 관한 강연을 정리하고
<인크레더블 2>를 보러 가는 길

이 영화의 1편과 2편의 사이에
14년의 시간이 걸린 것에 안심하면서

나의 다음 책은 언제 세상에 나올까
궁금하다

2018년 6월 25일 오후 9시 17분
<Incredibles 2> 영화 티켓
10.00$
SHATTUCK CINEMAS

"나이가 들수록 시간은 왜
더 빨리 가나요?"

하는 나의 질문에
물리학자 유병희 박사님이 답을 주었다
"기억력이 감퇴하기 때문입니다"

그는 또 말했다

"그렇기 때문에
기억에 남을 일을 많이 하면
시간은 천천히 갈 수 있어요"

박사님의 말을 듣고 나니
서울에서 쓰던
캠핑침대를 사서 마당에 펴고 싶다

그러면 친구들이 놀러와
수박을 썰고
누구는 캠핑침대에 누워 있고
누구는 훌라후프를 돌리고

기억들도 꺼내질 텐데

"유병희 박사님
기억에 남은 일을 꺼내 해보면
시간은 천천히 갈 수 있어요?"

이것도 가능한지 해보고 싶다

2018년 8월 12일
캠핑용 접이식 침대
42.99$
Coleman

↑ ⌐⌐⌐ Floor 3

⌐⌐⌐ Floor 5

빛이 있으라 하는
하느님 말씀으로 이 세계가 창조되었다는 것을
믿을 수 없을 때

우리들의 말로써 생겨나는
사랑이나 미움의 세계를 생각한다

말을 주고받으며
5층으로 쌓이는
또는 3층으로 무너지는
세계를 생각한다

2018년 10월 20일 오후 12시 30분
뮤지엄 티켓
35.00$
SFMOMA

성경 읽기를 매일 두 시간씩 하는 나
데이팅 앱을 매일 두 시간씩 하는 나

둘 다 같은 나
내가 좋아하는 나인데
이 둘을 나눠보고 싶었다

아이유님이 가수 활동과 배우 활동을 나누는 것처럼
기간을 나눠서
각각에 더 집중해보고 싶은 생각이 들었다

어느 것부터 먼저 할까?
라고 생각할 때
사이이다가 말했다

내 친구들 중에
결혼을 원하면서
새벽기도를 안 한 사람은 있어도

40일 새벽기도를 하고
결혼을 안 한 사람은 없어

그 말을 듣고
나도 40일 기도를 시작하기로
마음을 열었다

새벽 6시에 일어나
택시 문을 열고 앉는다

오래전 남동생의 말을 기억한다

끝에 가서 잘하려고 하지 마
끝은 시작할 때 정해져 있어

시작을 했다
정해졌다

2018년 11월 5일 오전 6시 8분
택시 요금
4500원
월성운수

공항으로 가려고 짐을 다 챙겼을 즈음
아빠가 퇴근을 하고 오셨다

"봉침을 맞았는데 손이 이래 부었어
양말을 어떻게 벗지?"

그때 생각난
신부님의 말씀

아무도 판단하지 않는 공간을 만드세요
그리고 그 안에서 사람들을 품어주세요

세숫대야에 더운물을 부었다
아빠를 판단하지 않는 공간이 만들어졌다

내 손으로 아빠의 양말을 벗겨드리고
발을 닦아드렸다

보지 않으려고 했던
아빠의 살아온 날들이 물에 잠긴다

미국에 도착해서
어제 그러기를 잘했다 생각하며
저녁을 먹는다

나도 하느님 아버지 안에 품어짐을 느낀다

2018년 12월 7일 오후 6시 44분
프라운 퀘사디아
16.27$
Cancun

매일 새벽
미사를 마치고
명동성당 밖으로 나와
하늘을 올려다보면

하느님이 이 하늘을 만드시고
구름도 나무도
그리고 나도 만드시고

나도?
나도?
라는 생각이 들었다

그러면
구겨져 있던 나의 어깨와 척추가
깨끗이 다림질되어 옷걸이에 걸리는 기분이었다

그렇게 하고 낮에 사람들을 만나면
내가 무엇을 입었는지보다
그 안에 들어 있는
어깨와 척추가 나를 세워주었다

그리고 내 앞에 있는 사람도
하느님이 만드셨다는 생각이 들면서
우리가 서로 평등함을 느꼈다

미국에 도착한 날
다음날이 40일 기도의 마지막인 것도 신기해하면서
마지막 계단을 지나 성당 문을 열었다

이것은 무슨 의미일까?
제단 아래에
새로운 형태의 꽃장식이 있었다

큰 동그라미와 작은 동그라미가
하나는 100센티, 하나는 70센티 정도의 지름을 가지며
한 쌍의 결혼반지처럼 교집합의 형태로 놓여 있었다

성탄을 앞둔 대림환侍臨環 장식이라고 하는데

"이것은 마치 저의 결혼반지 같아요
저는 지금 상대도 없는데 왜 이런 마음을 느끼는 걸까요?"
라고 같이 보고 있는 형제님에게 말했다

형제님께서 조금 당황해
하시면서
웃어주셨다

2018년 12월 14일 오전 7시 2분
10.37$
승차요금
Uber

책상을 하나 사고 그 위에 썼다

나의 하느님
저를 써주십시오

쓰게 하여주십시오

2018년 12월 28일 오후 4시 16분
LINNMON+ADILS 테이블
45.99$
IKEA

Welcome to IKEA Emeryville
Monday-Saturday 10a-9pm Sunday 10a-8p

1-888-888-4532
Article 70080299
MARIEBERG   23048
Articl   14.99
LEJARE   18422
    4 *   1.99
Article 40387844   7.96
SOMMAR 2018   16642
    4 *   0.49
Article 20251139   1.96
LINNMON N   16353
Article 10330463   ⟨29.99⟩
MINNESUND foam   20520
Article 00357291   159.00
DVALA N fitt   20118
Article 90217972   11.99
ADILS leg white   22724
    4 *   4.00
Article 50293294   ⟨16.00⟩
STRIMKROKUS   18186
Article 40349946   14.99
MOTTAGA pap   10774
                                     2.99

나무늘보

저녁색날씨

서재기록날씨

2019

내 마음의 선과 악 중에서
선을 꺼내어 쓴다

악은 꺼내어지지만
쓰지는 않아

선은 쓰면서 기억하고
악은 쓰지 않으면서 망각하며
그들을 다스려본다

2018년 12월 28일 오후 4시 16분
LINNMON+ADILS 테이블
45.99$
IKEA

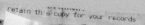

retain this copy for your records

IKEA®

Welcome to IKEA Emeryville
Monday-Saturday 10a-9pm Sunday 10a-8p
1-888-888-4532
Article 70060039
MARIEBErya   23048
Article   14.99
LEJARE nth   18422
     4 ×   1.99
Article 40387844   7.96
SOMMAR 2018   16642
     4 ×   0.49
Article 20251139   1.96
LINNMON N   1635c
Article 10330463   (29.99)
MINNESUND foam   20520
Article 00057291   159.00
DVALA N fitt   20118
Article 90217972   11.99
ADILS leg white   22724
     4 ×   4.00
Article 50293294   (16.00)
STRIMKROKUS   18180
Article 40349946   14.99
MOTTAGA pap   10774
                                2.99

사진콜렉
서울⟨⟨⟩영상⟩
선재미술⟨⟩영상⟩
2019

KORAIL

영 수 증
Receipt

No. 11075-651/8

사업자
한국철도공사
314-82-0024(0000)

주소
대전광역시 동구 중앙로 240

발행일
2019/03/15 09:07:22

발행역
용산

승차일자
2019년 03월 15일

승차구간
용산-광명

영수금액
16,800원

카드번호
554969******6056(일서울)

승인번호
3006/811

승인금액
16,800

현금   신용   세최   포인트
             16,800

선불카드 잔액

※ 본 영수증은 세금계산서로 사용하실 수 없으며,
   KTX 운임에는 부가가치세가 포함되어 있습니다.

용산 출발-광명 도착 KTX 2인 요금 0162

불법인 것을 알면서도
모두가 다 하는데
나도 하자
벌금을 내면 되지!

서울 집의 불법 증축을 시작했다

공사가 시작되자 잘못된 것을 알았다

되돌리고 싶었다
그러나 멈출 수가 없었다

하느님 잘못했습니다
잘못했습니다
그러나 멈출 수가 없어요

이미 돈도 많이 썼고
시간도 없어요

믿음도 없어요
있다고 생각했던 믿음이
저에게 없어요

하느님을 믿고 일어나
잘못을 되돌리면
된다는 것이 믿어지지가 않고
두려워요

그동안 기도하면서
가장 많은 눈물을 흘린 것 같은 어제

아직도 마음이 젖어 있고
접혀 있다

2019년 3월 15일 오전 9시 30분
용산 출발-광명 도착 KTX 2인 요금
16800원
KORAIL

서울 집 공사를 마치고 다시 미국에 돌아간다
나의 집은 어디일까?

부모님의 집 냉장고에는
아빠가 좋아하는 초코 아이스크림을 21개
채워두었다

2019년 3월 24일 오전 10시 50분
허쉬 초코 아이스바 21개
28000원
CU

--*-*-*-* 최 구영수증발행인쇄 *-*-*-*-*-*
CU 이태원2동점
사업자등록번호:6620500399
서울특별시 용산구 회나무로13가길41
  (이태원동)
김창문 TEL..027948567

정부 방침에 의해 12년 7월 1일부터
현금 결제 취소시, 영수증이 없으면
교환/환불이 불가합니다.

27255 2019/03/24(일)   POS-01

허쉬초코아이스바   21   28,000
         *송 장 ************
 2허쉬초코아이스바
                  7

--*-* 신 용 카 드 *-*-*-*
카드번호   *********
카드회사 026   ***-8763
할부개월 00   씨티카드
합재금액: 승인번호:42784637
                        28,000

총구매액   21   42,000
행사할인   -14,000
과세물품가액   25,455
부 가 세   2,545

내 실 온   28,000
신 용 카 드   28,000
*표시 상품은 부가세 면세 품목 임.
환불:30일내 영수증/카드지참시 가능
개층:23 담당:01 NO:3401   10:50

2019032427255 13401

맥북 프로 15.4인치| 0166

글을 한 번 쓰고 나면
몇 번을 수정해요

체에 거르면 고운 것들이 내려앉듯이
수정 후에는 고운 글이 됩니다

체에 남아 있는
거친 것들은 읽어보면 웃음이 나서
고운 것들만 세상에 내보내요

그 고운 것들을
읽어주는
고운 사람들이 있어요

나의 글과
얼굴을 마주하는
독자들의 얼굴을 볼 때
그들은 닮아 있고요

저는 이 둘을 친하게 두고
이만 물러갑니다

작업은 끝났어요
축하하자!
라는 생각이 들어요

그때의 축하를 그리워하며
시간이 많이 흘렀고
새로운 마음이 되어
맥북을 샀습니다

이제 시작하는 작업의 끝에는
한 단계를 더 두고 싶어요

작가보다
작가의 글과 더 닮은 독자와 만나서
체에 남아 있는
거친 것들도 들려주고 싶어요

웃겨드리고 싶어요

2019년 4월 6일 오후 2시 13분
맥북 프로 15.4인치
2,605.06$
Apple

하느님을 알고 싶다고 기도하고서
여전히

나의 우상은 남자였고
나는 남자를 숭배하고 있었다

남자를 만나 결혼하면
나는 그것으로 다 채워진다고 생각한 것
이것은 나의 우상숭배였다

웃음이 나왔다

풀고 있던 문제의 답이 틀린 것을 안 것만으로도
기특함을 느낀다

잘했다
일단 초코 크루아상 두 개를 먹자

맛있다
접시에서 사라진다

내가 잘못 먹었던 마음도
사라지게 하자

결혼 때문에 모든 것을 중단하고 미국까지 오다니
나도 미국에서 사라지게 하자

한국으로 가자

그런데
한국에 가서 미국에 다녀왔다고 하고
영어를 못하면
너허무 창피할 것 같네
6개월 더 있으면서 영어를 공부하자!

점심을 먹으며 유병희 박사님께
나의 계획을 말하니
이런 말을 해주었다

데이팅 앱에서 만나는 남자들이
누나에게 영어를 말하게 한다고 했잖아요
그게 영어 공부 아니었나요?

그렇네!
나의 짧은 영어를
잘 들어줄 사람을 찾아보자

한국에 곧 갈 것이면서
이런 만남을 하는 것이 미안하면서도

잘 들어줄 사람은 어떤 사람인가?

질문을 새롭게 하니
답도 새롭게 나왔다

새로운 답을 만나고 싶어졌다

2019년 6월 20일 오후 2시 52분
크루아상 2개
7.50$
Fournee Bakery

6개월 뒤 서울에 가자고 생각하니
미국에서 운전을 하지 않은 것
더 많은 곳을
다녀보지 못한 것이 아쉬웠다

통장에 남아 있는 돈을 보며
'왜 이렇게 안 쓴 거야!'
이 돈 한국에 가져가면 다른 사람의 돈이 될 것 같았다

그래서
3,500$(420만 원)를 주고
중고차를 샀는데
차를 며칠 타고 다닌 나의 소감을 적으면

미국에 나의 집이 생겼는데
그 집이 굴러다녀!

그동안 나는
배우자가 생겨서
나를 차로 데리러 오고 데려다주고
나에게 차를 선물해주기를
바라는 마음 안에 살았다

오늘
그 마음에서 나왔다

그 마음을
베이 브리지 아래로 던진다

내가 나에게 해주고
내가 나에게 사주자

2019년 7월 1일 오후 3시 42분
샌프란시스코 오클랜드 베이 브리지 통행요금
7.00$
Bay Area Toll Authority

San Francisc

COL
Mon Jul (

FARE
TOLL
PAYMEN
SERIA

d Bay Bridge

4033
   15:42:33

9 1501
 7.00
): Cash
$88236

아이스크림 두 컵 0176

새로운 답을 만날
장소에 거의 다 왔다

길을 건너며
답의 뒷모습을 먼저 보았는데
크고

순한 느낌이다

나는 옆모습을 어서 보려고
빨리 길을 건너갔다

우리의 이야기가 시작되자
아이스크림은 소외되어 녹아내렸다

2019년 7월 19일 오후 5시 12분
아이스크림 두 컵
11.00$
Smitten Ice Cream

오이 0178

그의 옆에 앉아서 이야기를 나눴다
나의 이야기를 잘 들어주는 사람이었다

나는 6개월 뒤 서울에 갈 건데
영어 공부 하는 마음으로
잠시 만나려 했던 것이 미안해졌다

그와 헤어져
차를 세워두고
서로 친구가 된
인스타그램을 들여다보았다

사랑을 많이 받으며 자랐구나

주차장의 차들이 하나둘 사라지는 것도 모르고
보고 또 보다가 내 차만 남았다

그런데 이 느낌 뭐지
왜 나 이 사람과 결혼할 것 같지?

벌써
이란성쌍둥이를 낳고
올림픽 개막식에도 다녀오는
상상을 하다가 멈추었다

오래 주차장에 있었으니
미안한 마음에
뭘 좀 사서 집에 가야 할 것 같은데

뭘 사야 할지도 모르겠고
뭘 샀는지도 모르겠네

2019년 7월 19일 오후 7시 21분
오이
2.00$
SPROUTS

Facebook STORE

1601 Willow Road	Jul 31, 2019
Menlo Park, CA 94025	1:2
(650) 384-2162	

Authorization 07901P   MasterCard
Receipt oNGD

MASTERCARD
RID A0 00 00 00

F Logo Amer

Small

Like Magnet × 5	$12.50
($2.50 each)	

Subtotal	$21.50
Menlo Park Tax	$1.99

Total	**$23.49**
MasterCard 2985 (Contactless)	$23.49

Return Policy. Return in new condition
within 60 days. Store credit or exchange
after 60 days. Return unopened Facebook
Portal, Facebook Portal+, and Oculus
electronics and accessories within 30 days.

좋아요 마그넷과 페이스북 로고 티셔츠 0180

그에게서 허브의 이름은
허버트 씨 어떠냐고 답장이 왔다

응? 무슨 말이야?
너가 키우는 허브식물에
이름 지어달라고 해서 생각해봤어

나도 말하고 잊어버린 것을 기억해주다니!

herb-ert라는 이름
을 받으니
답을 하고 싶다

그의 집에서 기르고 있다는
토마토의 이름을
톰 소여Tom Sawyer로 지어 보냈다

아침을 먹고
프랭크 게리가 설계한
페이스북 캠퍼스Facebook Campus를 구경 왔다

와 잘 지었네

허브의 이름도 페이스북 캠퍼스도
오늘의 모든 것이 좋아요였다

2019년 7월 31일 오후 1시 25분
좋아요 마그넷과 페이스북 로고 티셔츠
23.49$
Facebook STORE

너
드디어 나타났구나
라는 생각이 들었던 것은
그의 사무실 사진을 보고서였다

하늘이 잘 보이는 자리에 있다가
잘 안 보이는 곳으로 옮기게 되었는데
아쉬운 마음에 해와 구름을

A4지에 한 장씩 그려 붙인 사진이었다

아

너

드디어 나타났구나

찾았다!
라는 생각이 들었다

그런데 이 사람은 밤 11시가 되면 연락이 되지 않았다
또 아침 7시가 되면 어김없이 연락이 왔다

그는 왜 아직까지 결혼을 안 했을까?
정말 안 했을까?

집에 한번 가봐야겠다

정중함을 들고서

2019년 7월 28일 오후 8시 8분
달리아
9.83$
WHOLE FOODS

스펀지 0184

스펀지를 사는 내 옆에서
그가 무엇을 사길래 보니 슬리퍼였다

한 켤레만 사길래
우리 둘이 신는 것은 아니네 했는데

그의 집에 도착하자
슬리퍼를 꺼내들고 그는 말했다

이 집에 오는 사람 중에
이 슬리퍼는 너만 신는 거야

2019년 8월 7일 오후 6시 55분
스펀지
2.00$
MUJI

MUJI 無印良品

MUJI SOMA
540 9TH ST
SAN FRANCISCO
CA 94103
Phone 415 864 9961
STORE HOURS
Mon-Sat 10AM-8PM Sun 11AM-6:30PM

Transaction # 126645

Receipt Date 8/13/016 5:50 PM   Register 4
Cashier: Tiffany S

ITEM CODE   PRICE QTY   TOTAL PRICE
4548718656743   2.00   1   2.00
URETHANE SPARE SPONGE HARD

                          Sub Total $ 2.00
Total Qty Sold 1   Sales Tax $ 0.17
                             TOTAL $ 2.17

Cash $ 8.00   Change $ 5.83

THANK YOU FOR SHOPPING AT MUJI

www.muji.com
www.muji.us/social

RETURN POLICY

Merchandise may be returned

18세에 오고 싶었던 미국 유학
그때는 나의 돈으로 오지 못했다

30세에 오고 싶었던 미국 유학
그때도 나의 돈으로 오지 못했다

40세가 되어서
나의 돈으로 오고 나니
돈이란 무엇인가를 생각하게 되는데

돈을 많이 벌고 나면 나는 무엇을 하고 싶은가?
돈으로 시간을 사고 싶다

2019년 8월 13일 오후 3시 27분
현금 인출
60.00$
Bank of America

그동안 누군가를 남자친구로 만나면
옷을 바꿔주고
헤어스타일을 바꿔주고
원석을 보석으로 만들었다

그런데 지금 만나는 이 사람은
내가 그렇게 하기를 원하지 않았다

내가 아저씨 같다고 느꼈던 자기 스타일이
충분하다고 했다

원석은 보석이 될 필요가 없네

원석을
안고 있으니
안에서 광물의 에너지가 뿜어져나온다

탄산수를 많이 마시니
이 광물에는 탄소가 있을 것으로 추정된다

내가 그것을 꺼내어
다이아몬드로 만들려고 하지 않을 것이다

2019년 8월 15일 오후 7시 16분
탄산수
1.90$
Walgreens

우리는 서로의 집에
남는 방이 하나씩 있었기 때문에
그 방으로 서로를
일주일씩 초대했다

퇴근하고 만나서
같은 집에 가서 저녁을 먹고
각자 잠을 자는
룸메이트가 되어보고 싶었다

그가 우리집으로 먼저 오기로 해서
이불을 사러 왔다

2019년 9월 15일 오후 7시 38분
OFELIA VASS 이불 커버
31.99$
IKEA

일주일 뒤

회사에 입고 갈 와이셔츠 다섯 벌을 다림질해서
옷걸이와 함께 들고 문 앞에 서 있는 그를

마주하고
반가웠다

In Situ
151 Third Street
San Francisco, CA 94103

Server: O is P   05/14/19 6:36 PM
Check #40   Table 22

Bread $2.00
Chive Pancake $12.00
Coke $30.00
Rice Cake $24.00
Additional Charge (20.00%) $13.60

Subtotal $81.60
Tax $6.94
Total $88.54

그의 바지 벨트 위로
살짝 나와 엎어져 있는 뱃살을
나는 컵케이크라고 불렀다

이 컵케이크가 없었다면
그는 이미 누군가의 짝이 되어 있을지도 모르니
고마워
라고 생각하고 말하지는 못했다

나의 생일날 그가 준 카드를 보며

'나 들켰나? 말한 적 없는데!
그런데 이 느낌은 무엇일까?'

카드 안의 컵케이크는 스스로 반짝반짝였다
그 반짝임을 보면서
내가 했던 배우자를 위한 기도를 생각한다

하느님을 사랑하고
아내를 사랑하고
자신을 사랑하는 사람을
만나게 해주세요
그 세 가지를 기억하고 보니

마지막에 자신을 사랑하는 사람을
이 사람으로 보내주셨다는 것을

반짝반짝을 나의 짝으로
알아차려야 한다는 생각이 들었다

생일 저녁식사 ⁰¹⁹⁸

카드를 열었다
그는 나를
반짝임보다 더 눈부신
빛으로 써두고 있었다

"When I'm with you or even think of you,
it's like being in front of the sun.

내가 너와 함께 있을 때 심지어 너를 생각할 때
나는 빛을 마주하는 것 같아."

2019년 9월 14일 오후 6시 36분
생일 저녁식사
88.54$
In Situ

만물은 서로 마주하여 짝을 이루고 있으니
그분께서는 어느 것도 불완전하게 만들지 않으셨다.
하나는 다른 하나의 좋은 점을 돋보이게 하니
누가 그분의 영광을 보면서 싫증을 느끼겠는가?

집회서 42 : 24-25

치약 0200

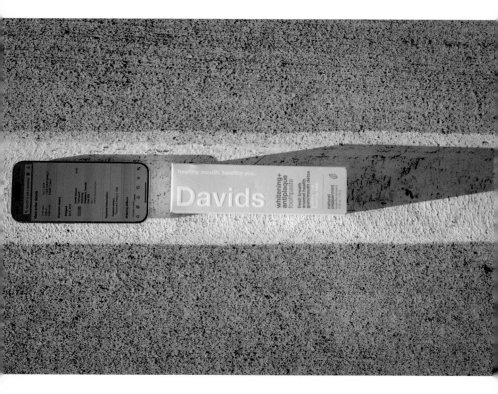

민철이가 우리집에 놀러온다고 하여
맛보여주고 싶은 치약을 샀다

누나가 사는 데가 오클랜드예요?
하면서
여기에서 이루어지는 생명공학 연구에 대해서 물었다

그리고 나에게
넷플릭스 다큐멘터리 〈부자연의 선택〉을 추천해주었다
유전자 드라이브 기술에 관한 것이었는데
좋았다

우리는 10년 전에 서울에서 만났는데
지금 민철이는 뉴욕에
나는 오클랜드에 살고 있다는 것도 신기하다

그가 비행기를 타고
여기에 오는 이유는
나와
얘기를 하고 싶어서이고

나도
민철이와 얘기를 하고 싶다

밥을 먹으면서
밥은 왜 이렇게 맛있는 걸까 민철아
하는 얘기를 시작으로

블록체인과
생명공학에 관한 이야기까지
우리의 마음에 생겨나는 새로움들을 나누고 싶다

2019년 10월 7일
치약
9.95$
Davids

심포니 콘서트 티켓 2인 0202

네이버를 다니면서 일하고 받은 월급을 모아
집을 살 수 있었던 것은
친구 서영은의 아버지
서덕종 공인중개사님의 도움이 컸다

어느 날 나를 부르셔서

돈을 버는 사람
돈을 쓰는 사람
돈을 굴리는 사람

세 사람에 대해서 알려주셨다

그때 나의 나이 서른네 살이었는데
집을 사고 나니
지구의 일부를 가지게 된 것 같았다

친구들에게도
버는, 쓰는, 굴리는 사람에 대해서 알려주었고
그들이 집을 사는 과정에 도움을 주면서
우리에게
이 세 가지가 있다는 것을 알았다

돈 40%
정보 30%
실행력 30%

정보와 실행력을 합한 것이
돈보다 많았다

UC Berkeley
mphony Orchestra
04, 2019
Evening   8:00 PM
Hertz Hall
RAL ADMISSION SEATING
GEN AD GA 602

내가 돈이 많아서 집을 산 게 아니듯
돈이 많아서 미국에 올 수 있었던 것은 아니었다

언젠가 가진 돈이 굴러
떨어지면
다시 돈을 버는 사람이 되자는 생각

배우자와 아기를 만나는 것이
돈을 버는 것보다
지금은 더 중요하다는 생각으로 투자했다

잠시
서덕종 공인중개사님께
감사하는 시간을 5초 가지고
글을 이어서 쓰자

1 2 3 4 5

그런데 결혼을 하려고 보니
돈은 떨어졌고
한국에 있는 집 팔아야 할지 고민될 때

남자친구는 자기에게 돈이 많다고 하면서
통장을 보여주겠다고 했다

얼마나 많은 걸까?
몇 초 그 순간이 떨렸다

내가 기대를 한 걸까
많은 돈은 아니네

그러다 다시 떨렸다
이 사람의 통장 안에는
많은 돈이 들어 있었다

충만한 사람이 느끼는
많은 돈이 들어 있었다

2019년 10월 4일 오후 8시
심포니 콘서트 티켓 2인
50.00$
UC Berkeley Symphony Orchestra

MUSIC

심포니 콘서트 티켓 2인 0205

주차비 0206

Receipt Inside the Vehicle
n Dashboard Face-Up

s Nickels, Dim
ollar Coins, an

CTLY EN

CITED IF PARKED
PENSING MACHIN
CASE THIS PAY-A
ERLY, YOU MUST
NEARBY PAY-AN

MasterCard

Hours of Operation: Mon – Sat 8 am – 6

PARK, PAY, DISPLAY

tions please call (510) 615-5
website at www.oaklandnet.

We have made park
easier & more conver
than ever!

CITY OF OAKLA

Oakland

CITY OF OAKLAND
KEEP THIS
PORTION

City of O

CITY OF OAKLAND

06:0   PM 10/24/2019

alid Date▲

10   019 at 04:00 PM

SHBOARD FACE UP

227569   W800-2

CUSTOMER RECEIPT

6227569

EXPIRES

▲ Expiration Time▲

PLACE INSIDE VEHICLE ON DA

6

주차를 하고
성 빈첸시오회 봉사를 하러 간다

저쪽에서
두꺼운 양말을 한 박스 들고 와
테이블 위에 올려두시는 자매님을 보며 생각한다

이러한 생각과 행동은
어떠한 마음에서 나오는 걸까?

집이 없는 사람들에게
두꺼운 양말이 되어주고 싶은 마음은

2019년 10월 24일 오후 6시
주차비
1.00$
CITY OF OAKLAND

내가 23세
엄마가 47세일 때
아빠는 우리 식구의 삶에서
몇 주 후 사라진다

엄마의 마음에는 화가 찼지만
나에게는 처음부터 비어 있던 마음에
무엇이 있었는지 느끼기가 어려웠다

엄마는 나에게 아빠까지 되어야 했고
나는 엄마에게 남편까지 되어야 했다

빌런은
우리에게 10년 후 나타나
자신의 지난 일을 덮어두었다

남자친구가
그의 아버지를 소개해주고 싶어한다
내가 "좋아. 언제 만날까?"라고 말하자

몇 주 후 나타난다
펌킨 파이를 사서 만나러 갔는데

염색을 하지 않은 흰 머리카락
아내와 맞춰 신은 운동화

잘생겼으나 그따위
신경쓰지 않는 분이다

대화를 하며 걸을 때
운동화 끈이 풀리듯 스르륵 유머가 풀어지고
가톨릭 신자인 면까지 더하니

내가 기도중에 떠올렸던

이상적 아버지가
현실에 등장했다

펌킨 파이 0212

그러나 이상을 현실과
그의 아버지를 나의 아빠와 바꿀 수는 없다

나의 망막에 상이 맺힌다

현실이 이상을
가뿐히 이겨내는 모습을 본다

빌런이 어벤저스가 된 것을 본다

2019년 11월 27일 오전 10시 6분
펌킨 파이
19.00$
La Farine

Search or ask a question

View order details

Order date	Oct 28, 2019
Order #	112-6069115-6473017
Order total	$118.64 (1 item)

Shipment details

Shipped
Oct 29, 2019

Yamaha NP12 61-Key Lightweight Portable Keyboard, Black (power — $179.99
Qty: 1
Sold By: Amazon.com Services, Inc.

Payment information

Payment method
Amazon gift card balance
Mastercard ending in 1509

Shipping address

그의 생일을 앞두고
피아노를 고르면서

이것은 치는 너의 것이기도 하지만
듣는 나의 것이기도 하다는 생각이 들었다

생일카드에 쓸
단어를 고르면서

나의 글은 쓰는 나의 것이기도 하지만
읽는 너의 것이기도 하다는 생각이 들었다

나의 것이 너의 것
너의 것이 나의 것

2019년 10월 28일
디지털 피아노
179.99$
YAMAHA

디지털 피아노 0215

버블 바 0216

날이 추워
뜨거운 물에 들어가 거품목욕을 했는데도

춥다
집에 가고 싶다

나의 집은 어디일까?
라고 그에게 메시지를 보냈다

그가 답장을 보내왔다
Home is with you

2019년 11월 10일 오후 5시 20분
버블 바
9.95$
LUSH

MoMA Design Store

Contact Customer Service: orderservices@moma.org
800-793-3167 (Mon - Fri 9:30 am - 5:00 pm EST)

PACKING SLIP		WAVE # 370575 ORDER # 04064045		DATE 11/27/2019		PAGE ΦF 1	
ITEM #	DESCRIPTION		ORDER QUANTITY	BACK ORDERED	SHIP QUANTITY	GIFT WRAP	
67798	PLATE DINNER VIGNELLI WHITE White		4	0	4		
67799	PLATE SALAD VIGNELLI WHITE White		4	0	4		
67800	BOWL STACKABLE VIGNELLI WHITE Wh		4	0	4		

SHIPPING

SPEC

나 너무 많이 먹는 것 아닐까
라고 말할 때

그는 나에게 말했다
When you are next me
you are slim

나 그릇을 너무 많이 사는 것 아닐까
말할 때

히브리서 말씀은 나에게 말했다

손님 대접하기를 잊지 말라
이로써 부지중에 천사들을 대접한 이들이 있었느니라
히브리서 13:2

2019년 11월 27일 오전 1시 16분
Heller 그릇 세트
172.62$
MoMA Design Store

점심을 먹으며
오늘의 추도식에서 낭독할 편지를 쓴다

마지막 인사는

고마웠습니다
로 적는다

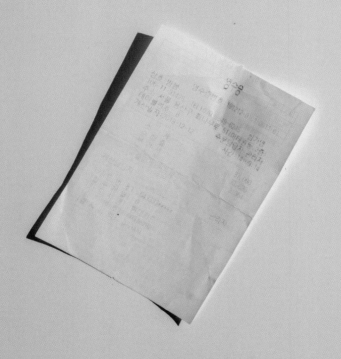

점심식사 ⁰²²⁰

조현과 나는
만나서
스르륵 친구가 되어버렸습니다

우리 둘이 친구가 되어서는
나의 친구가 그의 친구가 되고
또 그의 친구가 나의 친구가 되었습니다

그리고 우리들의 친구들이 모여들면서
작은 동네가 만들어졌습니다

그 동네 안에서
우리는 그를
약속을 하고 만나기도 하고
또 약속 없이 만나기도 했습니다

그럴 때마다
그는 우리들의 이야기를 잘 들어주는
편에 있다가
우리 모습 그대로를 책으로 디자인해주었습니다

오늘
디자이너 조현을 기억하는 자리에서
우리의 글과 사진과 노래로
우리들의 동네 친구 조현을 배웅하려 합니다

우리들을
이해해주어서 너무나
고마웠습니다

2019년 12월 12일 오후 2시 9분
점심식사
37000원
빙봉

"마리아님 잘 있어요
거기 상자 안에서요

나 집에 가서 꺼내서 볼 거니께요"

엄마는 내가 크리스마스 선물로 드린
성모마리아님을 좋아하셨다

집에 가기 전에 잠깐 들른 동생의 집에서는
성모마리아님이 상자 안에서 답답할까봐
상자를 열어주었다고 하셨다

엄마에게
"성모마리아님은
예수님의 어머니예요"라고 알려드렸더니

"주님 사랑합니다"
라고 하셨다

나의 엄마
예수님의 엄마
엄마끼리 무언가 통하는 것이 있는 걸까?

엄마의 마음에 대해서 생각해본다

2019년 12월 29일
은혜의 성모 아라첼리
22000원
가톨릭출판사 명동성당점

가톨릭출판사 ﾟ소년

가톨릭출판사명동

사업자 110-82-05956 Tel:02-776-3601 영수증
주 소:서울시 중구 명동길 74 (명동2가)
일 자:2019-12-29   영수증번호 :010098

성상류 (22.0/은혜성모/소)/아리챌러
645970   1   22,000   22,000

면세상품가액 :	0
과세상품가액 :	20,000
부 가 세 :	2,000
총 액 :	22,000
품목할인금액 :	0
합 계 :	22,000
신 용 카 드 :	22,000
거 스 름 돈 :	0

* 신용카드 *
카드번호 : 5433-33**-****-****
유효기간 : **/**
발급사명 : 현대마스터
매입사명 : 현대카드
가맹점No : 101634040
승인번호 : 00055251
승인금액 : 22,000
할부개월 : 일시불
비 고 :

교환/반품시에는 7일이내 영수증을
지참하여 주시고 축성된 성물은 교환/반품
하실수 없습니다.
www.catholicbook.kr

담 당 자 : 21082 이영숙
전표번호 : 810020191229010098

810020191229010098

검사를 해보지는 않았지만
그와 나
둘 중에 한 명에게 문제가 있어
아기를 낳지 못할 수도 있다는 생각을 해보았다

"너 때문에 아기를 못 가져도
나는 괜찮아
그런데 나 때문에 아기를 못 가져도
너는 괜찮아?"

우리 둘 다 괜찮다고 말했다

오 이것은 사랑이다
라는 생각이 들었다

내가 먼저 청혼해야겠다

새벽기도 40일을 했던
명동성당에 반지를 사러 왔다

뉴욕에서 만났던 우체국 트럭에 쓰여 있던
We deliver for you
가 떠올랐다

반지 상자를
집으로 들고 가면서
네트를 넘어온 배구공처럼 꼭 껴안았다

2019년 12월 29일
커플링
894000원
가톨릭출판사 명동성당점

커플링 0224

영수증

영수증 # 20191231-10016　　　포스 ID : 10
테이블 : 4　　　　　　　　　　　한종용

　　　　　　　　　　　　　　　　168,000

주문 합계　　　　　　　　　　　152,727
공급가금액　　　　　　　　　　　15,273
부가세

합계 금액　　　　　　　　　　　168,000

** 신용가드 결제 **
　　　　　　　　　　　KB세*가드

카 드 사 명
카 드 번 호　　　　　　　　　　Swiped
입력방법　　　　　　　　　20191231
승인연월일시간　　　　　　　일시불
일시불기간　　　　　　　30064069
승인번호　　　　　　　0008729182
가맹번호
승 인 금 액　　　　　　　　　168,000

시불 완료 ************

19-12-31 오후 6:29:06

감사합니다.　　　　고객용

그가 우리 부모님에게 인사를 하려고 한국에 왔다

식당에서 만났을 때
테이블에서 일어나서
"어머! 어서 와요"
하는 엄마를 보며

배우자를 위한 기도 17번
엄마가 한눈에 알아보고 들어오라고 할 사람
이 떠올랐다

그리고
새벽미사를 다니던 아침이 떠올랐다

새벽미사 다녀온 나의 찬 얼굴을
엄마는 두 손으로 녹여주었는데

그 차가운 얼굴로
엄마에게 아빠에게

"내가 이 사람 결국 찾아냈어!"

더운 김을 내며
외치는 기분이었다

2019년 12월 31일 오후 6시 29분
저녁식사
168000원
공기

MOLESKINE 노트 ⁰²²⁸

나와 남자친구와
처음 만나는 자리에서
홍진경 비비안나는 눈물을 흘렸다

나와 결혼할 사람을 보며
그녀가 하는 말이

"하느님
너의 기도를 들어주셨어"
아닌

"하느님
나의 기도를 들어주셨어"
인 것에

큰 힘을 느꼈다

그녀의 말을 글로 적어두고
오래 보고 싶었다

2020년 2월 11일
노트
17.54$
MOLESKINE

책 『우리의 한식 부엌』 ⁰²³⁰

코로나로 인한
미국의 셧다운이 끝나면
우리 결혼도 하고 여행도 가고
그리고 그가 또 하고 싶은 것은
헌혈이라고 했다

지금도 그때도 수혈이 필요한 사람들이
많을 거라는 얘기를 했다

옆에 있으니
이 사람의 착하고 따뜻한 에너지가
나에게도 수혈되어와
힘을 받는다

그에게

김밥
잣죽
삼계탕
미역국
갈비탕
콩나물국
순두부찌개
무김치
숙주나물
양파절임
멸치볶음
감자조림
계란찜
해물파전
두부김치
비빔국수
라면
콩국수
생선구이
불고기
삼겹살
닭찜
후식으로 팥빙수까지

이 책에 있는 것들
차차
하나하나 만들어주고 싶다

힘을 주고 싶다

2020년 5월 10일
책『우리의 한식 부엌』
24.55$
Weldon Owen

혼인신고 0232

코로나 셧다운으로 인해서
기다렸던 혼인신고는
온라인으로 진행되었다

정부에서 만든 웹사이트에 초대되어서
우리는 부부가 되기로 서약을 했다

우리가 앞으로 살아갈 집에서
매일 밥을 먹는 테이블 위에서 하는
맹세와 약속이라서 더 의미가 있었다

나난이 그려서
DHL로 보내준 〈롱롱 타임 플라워〉

나는 머리에 토끼를
그는 가슴에 태양을 꽂고

앱에서 만나서
웹에서 결혼식을 했다

2020년 6월 9일
혼인신고
192.00$
Alameda County

Alameda County Clerk Recorder

Payment Receipt

GARETT MICHAEL NG
94530

garettng@gmail.com
Your payment was successfully processed.
Thank you. Your payment has been received.
Resident Account: 3921493
Payment Amount: $190.00
Service Fee: $2.00
Payment Total: $192.00
Payment Date: 06/03/2020
Card Number: 4...7251
Name on Card: Garett Ng
Card Type: Visa Card
Authorization Code: 05075I
Reference Number   C23200706P295:
Comments:
Payment Origin: Lightbox Terminal
Thank you.
Alameda County Clerk Recorder
Support: 510-272-6362
* The service fee is non-refundable.

연극이 끝났는데도
아직 무대 뒤에 남아 있는 사람들이 있었다

이제 이곳은 문을 닫을 거라고
그 연극도 다시 하지는 않을 거라고
악역을 맡았던
그들에게 너의 집으로 가라고 했다

역할을 분명히 해주었으니
고마운 부분이 있어
출연료를 정산해주는 것도 잊지 않았다

그리고 튤립 한 단을 사서 집으로 가며
그들과 다시 마주쳤다

그들은 10년 동안 여기에 있어
나갈 곳을 찾지 못했다

그들에게 알려주었다

나의 편도체를 떠나
눈 쪽으로 가면 밖이 보이고
아랫눈썹을 타고 미끄러지듯 내려가면 됩니다

뇌 안에서 머무르는 그들이
옅어지고 나는 생각한다

우리가 살면서 받은 크고 작은 상처가
꼭 그 사람으로부터 치료받아야 하는 것이 아님을

그 사람의 잘못을
새사람이 덮어줄 수 있다는 것을

그러므로
서로 사랑하라의 범위가
얼마나 넓은 것인지도

2020년 6월 20일 오후 2시 29분
튤립
13.82$
WHOLE FOODS

등장인물

아그네스
2017년 6월 29일 서비스 구독료

『24세 정신과 영수증』을 읽었던
중학생 독자님이 자라나
나의 연애 선생님이 되어주었다

유혹보다 고백이
더 실용적이라는 것을
나에게 알려주어
시간을 절약하는 연애를 하는 데에
큰 도움을 주었다

지금의 중학생 독자님들을 또 만나고 싶다
작가보다 미래에서 온 독자님들을 만나는 것을
소망하는 마음도 주었다

나난

2017년 7월 14일 Uber 승차요금

나의 친구 나난이기도 하지만
우리의 친구 나난
나 혼자서 소유하면 안 될 것 같은 재능과 심성을 가진
공공재 같은 사람이다

다행히 그녀가 그리는 그림이 있어
우리가 그 작품을 감상하고 소유하며
가진 것 같으나 또한 가지지 않는
관계가 될 수 있다

이렇게 쓰고 보니
편집부에서 책과 연관이 있게 다시 써달라고 할 것 같다
다시 써보자

나는 짝을 찾으러
대서양을 건너 북유럽으로 가고 싶었으나
나난의 말 한마디로
태평양을 건너 미국으로 가게 되었다

내 인생의 항로를 바꾼 사람

나보다 한 살 많은 공민선에게
언니라고 20년 넘게 부르다가 어느 날 친구가 되고 싶었다

민선 언니 아닌 민선아, 라고 부르면서
친구가 되어주고 싶었는데
그렇게 되면 우리 사이의 다른 사람들과의 관계도
복잡해질 것이라면서
그녀는 거절을 했다

그후 몇 번
언니이— 하며 그녀를 찾으면서
얼마나 다행인지

또 앞으로도
언니 하며 찾을 사람이 나에게 있어서
얼마나 다행인지

이적님을 좋아하고
이적님의 음반을 디자인하는 그녀에게
말해본다

다행이다

사이이다
2017년 8월 2일 지하철 티켓

사이이다의 일기가 쓰여 있던
노트를 처음 만난 1997년을 기억한다

열아홉 살이 쓴 그 글은
깨끗하고 특별했다

그것이 좋아서
나는 어느새 그 문체를
내 것처럼 훔쳐 쓰게 되었고

나의 문체도 찾아야 하나
잠시 생각을 했다가도

3.141592 끝나지 않는 숫자처럼
무리수를 두지 않게 되었다

그녀는 사진작가이면서
글도 잘 쓰고
그림도 잘 그린다

그리고 나를 가끔씩 심하게 웃겨주는데
웃다가 입술을 깨물고 쓰러져 눕게 만들기도 한다

조인희
2018년 5월 8일 수원식 육개장, 유곽 비빔밥

내가 무언가를 힘들어할 때
괜찮아
집에 가서 샤워하고 선풍기 켜고 좋은 생각만 하고 누워 있어잉~
라고 말한다

고추 모종을 사러 가신다는 아빠에게
꽃 사 와요
고추는 한 번 먹으면 그만인디
꽃은 오래 보잖아라고 말한다

사용하던 오이칼이 부러지자 붙여보려고 하다가 말한다
미안해
너하고 나하고 20년 동안 친구였는데—

부엌의 가스레인지를 닦으며 그것과 물아일체
자기 동일시가 되어 말한다
어머니 오늘
제 얼굴을 깨끗하게 닦아주셔서 감사해요!

딸의 두번째 책이 나온다고 하니
책에 이렇게 써달라고 하셨다
엄마랑 아빠랑 이제 행복하게 산다고 적어줘
사실이니께!

개럿
2019년 7월 19일 아이스크림 두 컵

그는 나에게 자유를 주었다

그를 만나고 난 후부터 나는
새로운 남자가 나의 세계에
등장했을 때 일렁이던 파동들에서 자유롭고

또한 내가 무엇이 될 필요가 없는
그가 주는 파장의 안정감을 느꼈다

결혼 후에는
그와 함께 있을 수 있고
혼자 있을 수도 있는 사람이 되게 해주었다

홍진경
2020년 2월 11일 노트

정신에게, 라고 시작하는
홍진경이 써준 글들을 보면
이 사람 나 맞나?

와
나도 이 사람을 한번 만나보고 싶다는
생각이 든다

또
그녀가 만나고 있는 하느님을 보면
와
나도 하느님을 한번 만나보고 싶다

아름다워!
시 같아 하는 생각이 들었다

미국에 와서 성경을 읽고 하느님을 찾아가는 내가
3박 4일 꾸르실료*에 갔을 때
홍진경은 하와이로 편지를 보내주었다

친구야
이번 꾸르실료는 천진하고 박력 있는 선택이다
너다운 길이야!

20년 전 홍진경과 친구가 되면서
나는 서서히
다시
하느님과 친구가 될 수 있었다

*가톨릭교회에서 진행하는 3박 4일간의 평신도 영성 프로그램

이연실
2025년 2월 8일 책『MARTIN PEBBLE』

과일의 단맛과 물기를 목소리에 가지고 있다
이야기장수인데 과일장수 같기도 하다

작가의 책
과
일을 만든다

씨
앗을 경작하고 과일을 파는 일까지
매일의 걸음을 빨리한다

시
작이
되게 하고

끝
내면
같이 먹고

마시
마시
고
또 시작한다

노엘
2025년 2월 8일 포토부스 이용요금

한 사람을 낳고 탄생과 성장을 바라보는 것이
이렇게 재미있는 일인가

그는 나의 아들로서
엄마에게 새로운 말들을 가르쳐주고 있다

2021년 태어나서
2024년부터 말을 하기 시작했는데
그 말들을 몇 년간 모아서
『47세 정신과 영수증』을 쓰고 싶다

점심식사 0248

사진작가 사이이다와 디자이너 공민선은
『40세 정신과 영수증』의 영수증을 촬영하기 위해
2025년 2월 2일 샌프란시스코에 도착했다

공항에서 만나 인사를 나누고 나의 차에 탑승한 순간부터
우리의 작업이 시작되었다

첫 촬영 장소는
정신이 영수증을 받았던 샌프란시스코 한인 성당이었다
사이이다는 성당과 영수증을 함께 찍으며 촬영을 이어갔다

그후 샌프란시스코에서 4일
포틀랜드에서 3일 동안 촬영이 진행되었다
촬영된 사진을 글 옆에 두고 보니 어떻게 디자인이 될지도 보였다

『24세 정신과 영수증』과 『40세 정신과 영수증』을 옆에 두고 보면
글 사진 디자인이 모두 변했으나 변하지 않은 모습이 좋을 것이다

우리는 다음에는 어떤 도시에서 이 작업을 하게 될까?
어느 도시에 1년 동안 살아보는 상상을 해본다

여권과 신용카드,
핸드폰만 가지고 떠나 그곳에서 살면서
나는 처음과 끝에
그리고 그 사이사이에 어떤 영수증을 받게 될지 궁금하다

그리고 작업이 끝나기 몇 달 전에는
사진작가 사이이다와 디자이너 공민선을 그곳에 초대해
내가 먼저 작업한 글에
사진과 디자인이 더해지는 시간을 함께 보내고 싶다

그 집은 우리가 떠난 후에도 그대로 남아 있다
『정신과 영수증』을 읽은 독자들이 찾아와 먹고 입고 자고 걷는다
많은 나라의 사람들이 그 집을 찾아올 것 같다

그래서 사이이다와 공민선에게
어느 도시에 가고 싶은지를 물어보았다
이번에 멀리 샌프란시스코까지 와준 이들이
다음 올림픽의 개최 도시를 선정하는 것 같은
권한을 주고 싶었다

그때의 그 도시가 오늘의 식사처럼
우리를 웃기고 행복하게 해주기를

2025년 2월 7일 오후 1시 53분
점심식사
142.00$
MAURICE

점심식사 0251

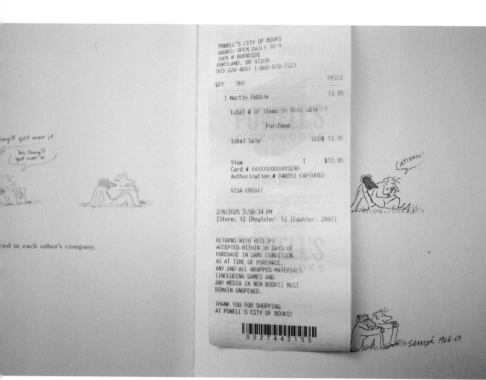

책 『MARTIN PEBBLE』 0252

작가에게 같이 작업을 오랫동안 해온
사진작가와 디자이너가 있다는 것은
얼마나 행운인가

그런데
작가에게 같이 작업을 오랫동안 해온
편집자와 마케터가 없다는 것은
얼마나 불운인가

지나고 보니
내가 두번째 책을 내기까지
16년이 걸린 이유는
내 옆에 편집자와 마케터가
없었기 때문이다

이제 만나서
『40세 정신과 영수증』을 함께 만드는
편집자와 마케터에게

나는 어떤 작가가 되고 싶은지
말하고 싶고
또 어떤 작가가 되어야 하는지
듣고 싶어서
이 책을 선물하고 싶다

사진작가, 디자이너, 편집자, 마케터
네잎클로버 같은 넷과
행운과 함께 가고 싶다

2025년 2월 8일 오후 3시 58분
책『MARTIN PEBBLE』
13.95$
POWELL'S CITY OF BOOKS

포토부스 이용요금

셋이서 사진을 찍고 나니
2017년 3월 27일
포틀랜드 공항에
혼자 도착한 나에게 보여주고 싶었다

나에게 이 말이 하고 싶었다

결국 이들을 만나기 위해서
너는 태평양을 건넌 거야

2025년 2월 8일
포토부스 이용요금
12.00$
CLYDE HOTEL

축사

이윤선/작가

어제 4시쯤에 경리단 초입에서
정신 언니가 가만히 서 있는 것을 이인선과 함께 목격하였다

반가워서 달려가 뭐하고 있냐고 물으니
나를 햇빛 쪽으로 뒤돌아 세워주며 햇빛을 보는 중이라고 하였다
나는 추운 날 길에서 광합성을 하고 있는 순간의 언니를 본 것이다

언니는 광합성을 마치고 저쪽으로 총총총 뛰어갔다

2014년 10월 7일

홍민철/메이크업 아티스트

지금 기도하다가 떠올라서 말씀드려요 누나
하나님의 뜻에 집중하면 책을 멋지게 완성하실 거예요

책은 외국에서 출판해보는 것도 좋을 것 같아요
누나 책이 다 영어로 되어 있었어요
하나님의 뜻과 은혜가 함께하길 기도할게요

2017년 8월 6일

권묘진/네이버 Culture Experience 리더

내가 본 너의 좋은 점은
하고 싶은 건 언제가 되었든
어떤 형태가 되었든 다 한다는 거야

그게 더 다듬어지고 세련되어질 뿐
처음 생각은 변함이 없어

2019년 1월 3일

도유길/천 조합가, 재봉틀 운전사

정신과 통화를 했다
책의 마지막에 쓰고 싶은 것이 생각이 났다면서
나에게 펜이 있다면 지금 적어달라고 했다

이것을 적어달라고 했다

다시 태어나고 싶은 마음이 들 때
다시 태어날 수 있었습니다

3천 장의 영수증 중에서
70장을 남기는 편집만으로

과거의 많은 부분을 버리고
남겨진 것을 모아
무엇을 더하지 않고
가진 것으로 새로 태어날 수 있었습니다

이렇게 적어달라고 했다

그녀는 결국 '정신의학과 영수증'으로 오해받던
책 제목
'정신과 영수증'에 맞는 일을 해낸 것 같다

영수증에 찍힌 그 시간에 기꺼이 머물렀다가
과거를 편집하여
지금으로 돌아오는 일은 정신과 상담과 닮아 있다

자신의 날들을 구겨서 버리지 않은 정신의 이야기는 귀하다

2025년 3월 5일

홍진경/방송인

내 친구 정신이는 영수증을 모으는 사람이다. 영수증에 쓰여진 소비를 기록하는 사람이다. 기록이 시가 되니 참 그 방식이 신박한 사람이다. 남자를 꼬시는 재주나 글재주나 과감하다. 자주 쓰는 단어엔 예쁜 것이 많다. 목에서는 위로가 되는 소리가 난다. 그녀가 들려주는 하느님 얘기는 천국 문 앞으로 사람을 데려다놓는다. 아 그녀는 열아홉 아이 같은데 어쩔 때는 복덕방 사장님 같아서 그렇게 사라던 용산 땅은 샀어야 했었다. 무엇 하나 진심 아닌 것이 없는 눈으로 말할 때나, 웃을 때나, 짜증을 낼 때나 구겨지는 살갗도 그렇고 적절한 인상이다.

2025년 4월 13일
정신에 대하여

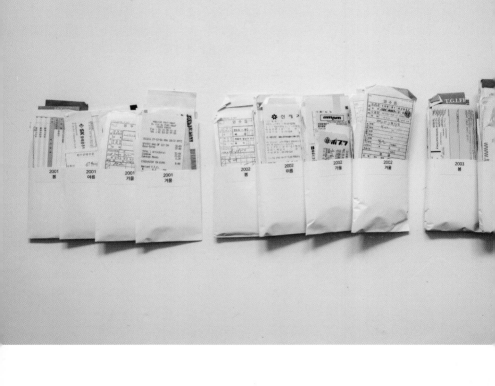

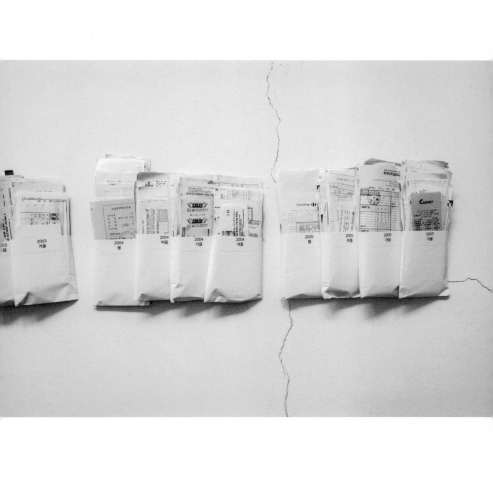

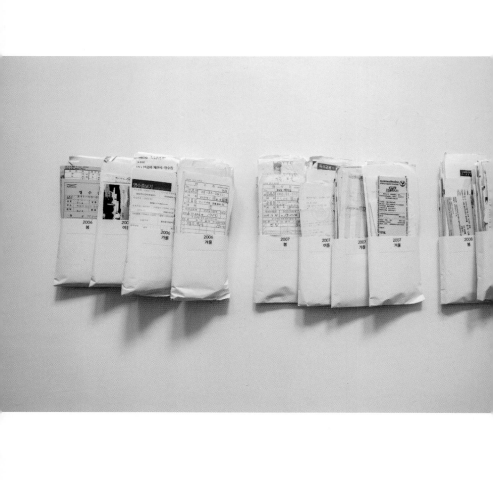

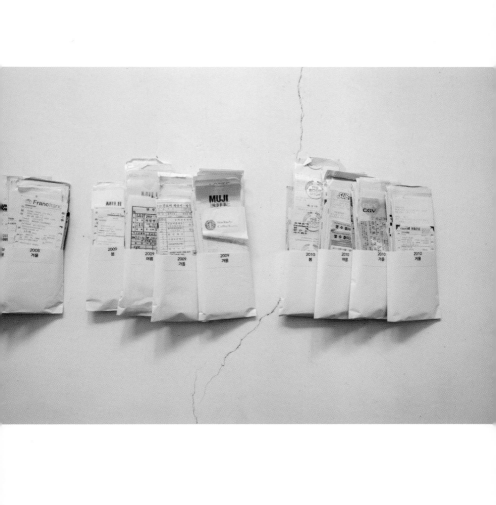

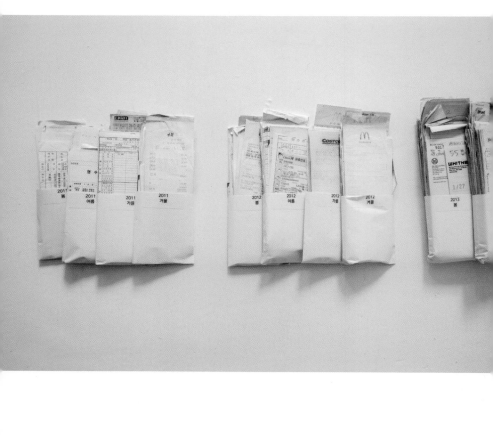

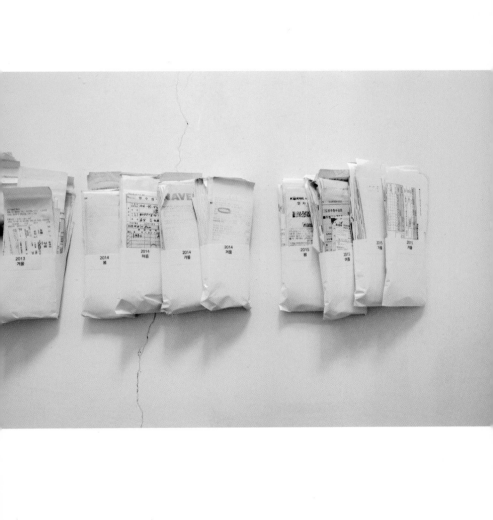

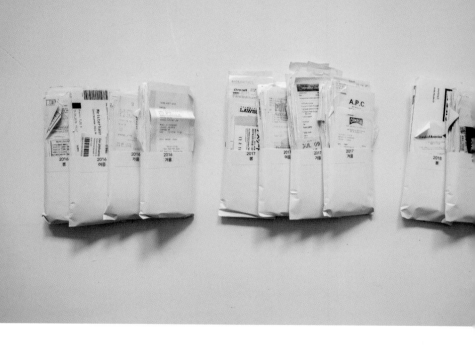

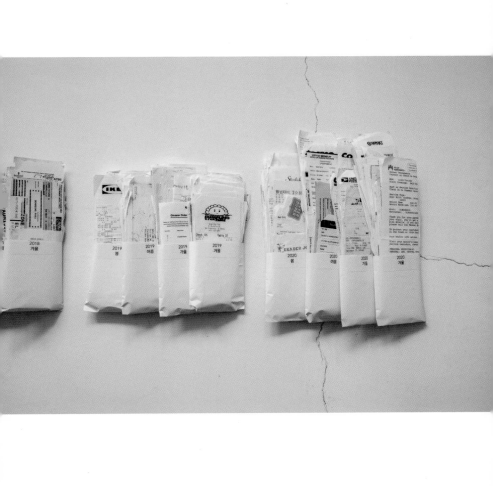

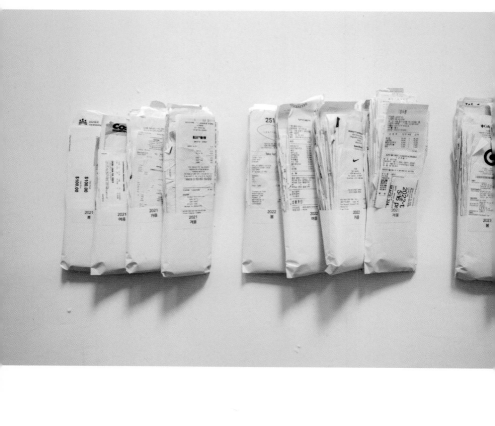

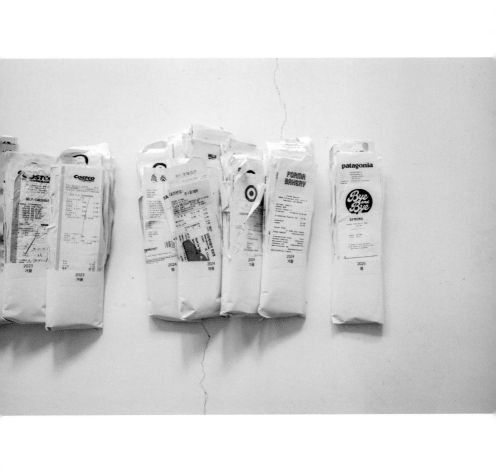

2만 장의 영수증 위에 쓴 삶과 사랑의 기록

40세 정신과 영수증

ⓒ정신·사이이다·공민선 2025

1판 1쇄 2025년 4월 28일
1판 2쇄 2025년 5월 14일

지은이 정신 사진 사이이다 북디자인 공민선

기획·책임편집 이연실 편집 이자영 염현숙
마케팅 김도윤 최민경
브랜딩 함유지 박민재 이송이 김희숙 박다솔 조다현 김하연 이준희
저작권 박지영 오서영
제작 강신은 김동욱 이순호 제작처 천광인쇄

펴낸곳 (주)이야기장수
펴낸이 이연실
출판등록 2024년 4월 9일 제2024-000061호
주소 10881 경기도 파주시 회동길 455-3 3층
문의전화 031-8071-8681(마케팅) 031-8071-8684(편집)
팩스 031-955-8855
전자우편 pro@munhak.com
인스타그램 @promunhak

ISBN 979-11-94184-18-8 03810